焕金

赵龙 ◎ 著

敦煌文艺出版社

图书在版编目（ＣＩＰ）数据

焕金 / 赵龙著. -- 兰州：敦煌文艺出版社，
2018.9（2021.8重印）
　ISBN 978-7-5468-1613-5

　　Ⅰ.①焕… Ⅱ.①赵… Ⅲ.①长篇小说－中国－当代
Ⅳ.①I247.5

　中国版本图书馆CIP数据核字（2018）第204683号

焕　金

赵　龙　著

责任编辑：靳　莉
封面题字：马青山
装帧设计：红　豆

敦煌文艺出版社出版、发行
地址：(730030)兰州市城关区读者大道 568 号
邮箱：dunhuangwenyi1958@163.com
0931－8773236(编辑部)
0931－8773112　0931－8773235(发行部)

北京一鑫印务有限责任公司印刷
开本 710 毫米×1000 毫米　1/16　印张 15.25　插页 1　字数 300 千
2018 年 10 月第 1 版　2021 年 8 月第 2 次印刷
印数：1 001~3 000

ISBN　978-7-5468-1613-5
定价：38.00 元

卷 首 语

往事如烟，也有无尽的情意与深深的思念；往事如梦，也幻化了人生的五彩缤纷。拭去了尘封中砾石的灰土，它将焕发出永恒的光华，留给人们永久的记忆。

《焕金》记下了一段情意，是人间纯贞的相爱与相依。

《焕金》写下了一段过去，留给人们的是一生的纪念和回忆。

《焕金》写了一段历史，使人去畅游浩渺的时空，去体会历史的纵深。

《焕金》幻化了人生，给人以理想。

自　序

　　《焕金》主人公焕金的生平是一段传奇性很强的故事。她出生在中华人民共和国成立前夕最严酷的社会变革时代，焕金是在那个时代里侥幸存活了下来，就成了那个时代顽强的典型。

　　中华人民共和国成立后的焕金，经历了天真烂漫的少女时期，在她人生的可塑阶段，受到了大众文化的朴素熏陶，她也积极地投身到那个轰轰烈烈地为巩固新政权的炙热宣传中，进入了地方业余剧团，成了现代剧里控诉旧社会、讴歌新时代的少女演员。她是一个时代的先锋角儿，毫无异议的典型人物。青年时的焕金成了大学教授的儿媳，她接受了教授的美学教诲，在大众美学领域的理论上得到了升华。这样就有了她在中年后在武术、舞台、美术各个领域里的发展和创意性的成功。

　　小说中金元的原型是我大学时的同学。在同学中、在社会上他都是一位很有造诣的天才诗人，他出口成章，谈吐生风。小说中金元诗作，还有给王洛宾先生《在那遥远的地方》的英译稿，都是选用了他的诗、词原创之作。

赵　龙

2018年1月

目 录

第一部 天 意

第一章　古堡惊魂　　　　　　　　/ 001

第二章　天意不可违　　　　　　　/ 008

第三章　子归，子归　　　　　　　/ 015

第四章　古老的歌谣　　　　　　　/ 024

第五章　金马驹　　　　　　　　　/ 030

第六章　角儿在心中　　　　　　　/ 035

第七章　人生小舞台　　　　　　　/ 040

第八章　奇案迷离　　　　　　　　/ 047

第九章　同学，就是同学　　　　　/ 055

第十章　情　缘　　　　　　　　　/ 060

第十一章　美的珠粒　　　　　　　/ 066

第十二章　谷　女　　　　　　　　/ 071

第十三章　姻　缘　　　　　　　　/ 075

第十四章　戴　玉　　　　　　　　/ 083

第十五章　婚　礼　　　　　　　　/ 086

第二部 诗之颂

第十六章　大美人生　　　　　　　/ 091

第十七章　　那个雨夜的瞬间　　　　　　　　　/ 098

第十八章　　伏　秋　　　　　　　　　　　　　/ 100

第十九章　　梦　　　　　　　　　　　　　　　/ 106

第二十章　　桃　丹　　　　　　　　　　　　　/ 112

第二十一章　生活的记忆　　　　　　　　　　　/ 116

第二十二章　与王洛宾结友的日子　　　　　　　/ 125

第二十三章　同学聚会　　　　　　　　　　　　/ 138

第二十四章　天涯芳草　　　　　　　　　　　　/ 148

第二十五章　失去的世界　　　　　　　　　　　/ 153

第二十六章　诗之颂　　　　　　　　　　　　　/ 160

第三部　梦幻成真

第二十七章　太极之友　　　　　　　　　　　　/ 166

第二十八章　西都音乐会　　　　　　　　　　　/ 170

第二十九章　和合扇　　　　　　　　　　　　　/ 178

第三十章　　太极小公主　　　　　　　　　　　/ 184

第三十一章　从木兰拳到丝路拳的秘密　　　　　/ 188

第三十二章　天　合　　　　　　　　　　　　　/ 192

第三十三章　建筑美学　　　　　　　　　　　　/ 197

第三十四章　舞台大人生　　　　　　　　　　　/ 200

第三十五章　超越终极　　　　　　　　　　　　/ 207

第三十六章　水墨丹青　　　　　　　　　　　　/ 213

第三十七章　走出国门　　　　　　　　　　　　/ 220

第三十八章　相会巴黎　　　　　　　　　　　　/ 224

第三十九章　去卢浮宫　　　　　　　　　　　　/ 229

第四十章　　在雅典　　　　　　　　　　　　　/ 234

第一部 天 意

第一章 古堡惊魂

安定凤城南郊十几里地方的景家店有一古堡。

古堡临河，西向是河谷悬崖，东向是历史上从中原的帝京长安起，马帮和骆驼队的蹄印一层一层踏出来的，岁月的朔风利刃一样一刀一刀刻出来的。刻长了，刻宽了，便有了一条逶迤蛇行，穿越玉门、楼兰，经月弓、碎叶，直至欧罗巴的丝绸之路。

古堡与东山顶上的又一土堡遥相呼应，护持着这岁月流金的丝绸古道。

古堡西向是安定南安山麓的山头，山头上竖一尊巍峨的烽燧。

不记得是哪朝哪代、何年何月，有一天烽燧上的狼烟升起了，那黑烟在朗朗的晴空里写出了阴森森的杀字来。朔风起时，杀字的烟云翻滚着，百姓四散逃命。兵丁踞守在古堡上，张弓拔弩，金鼓擂动，军角长鸣。

古堡的镝楼上，一位巾帼将军头戴七星大蛾子帅盔，身着红色的掩蟒戎甲。腰挎青锋剑，左手按着剑鞘，右手紧握剑柄。那剑寒光铁冷，金声铮铮，欲出剑鞘。

将军红颜柳眉，那蹙眉现出柳叶的刀锋来。面容虽清癯俊俏，但显得很是刚毅。形同列贝的上牙紧紧地咬着下唇，如炬的目光凝视着远方。

西北方向蓦地腾起一片黄尘来。

将军审视着，那旋风卷沙的黄尘，虽然是被奔腾在万古荒原上的铁骑踩起，但远远看去，轻一片、密一片的，有一缕腾飞，有一缕却在飘荡。

前哨的探子传来快报："从深埋在地下的瓮缸中传来的马蹄声零乱，没有劲旅的铿锵声。"

将军想，虽不是强弩之末，可毕竟是劳师远旅。这样的仓促驱兵，他可是在犯险啊！

她审视着，从何处设闸，就可以遏止这股汹涌的洪流；毒龙剑从哪里出鞘，就能将那条斗折横行的蟒蛇一举致命，使它瘫僵而无归魂。她城府在胸，成竹既定，只待手中的令旗举起。

将军是一位十八九岁的巾帼英雄，她世代将门胄室，父亲是华夏国的元帅。她是元帅的独生女儿，被元帅视为掌上明珠。从小喜爱习武，跟着父亲骑马弯弓，在父亲的教练下武功非常。

在那大野莽林、迭涧恶水的校场上，她平地里扫腿飞脚，就能撂倒周边密密麻麻围上来的一大片兵丁；她燕子般腾空跃起，落地时又一个踹脚倒扑虎，接着单起顺风掌，能将那迎面冲过来的军汉推出两丈来远。

马上功夫更是了得，观音坐莲台，水袖挥出，旋风乍起。摆柳瞬间，飞刀穿云；后羿跨山峦，鸣镝穿日去，马踏彩云归。那大刀、三环刀、朴刀、三尖两刃刀，刀法游刃娴熟。长枪点去若信蛇穿甲，方天画戟左右分圆。挥鞭山崖崩摧，手舞棍棒绕指柔。流星铁锤砸去松林皆糜，战马铁蹄过处卧石俱粉。

后来父亲年迈，告老还乡，心中总是想着守土保国的事。女儿深谙父亲一生的心愿，于是替父从军，在此戍边。

看看那支敌骑跨过关川，向着景家店要塞扑来，将军举起手中的杏黄色令旗。接着旗令官手中的绛、紫、蓝、白，各色令旗次第举起。

关川河边豁岘坡对面的石坪，一队轻骑突出，将敌军窜行的蛇阵一举斩为两截。接着大地庄和榆河村斜插出来两支战骑，铁钳一样将斩下来的敌阵先锋——蛇头，牵制在古堡下的东河河谷中。

敌兵被迫进入河谷中，慌乱不堪。

只听得古堡上空一声炮响，埋伏在河谷两岸的弓箭手万箭齐发。飞镝鸣处，敌阵中人仰马翻。那个先锋官勒马未定，已被乱箭穿心。

但见敌军兵丁，有的箭穿咽喉，有的箭插丹田，有的身中数箭。

有数十个敌兵见势不妙，丢了马匹，躲在河岸之下，却被那岸头上飞下来的滚木、飞石毙了性命。在滚木下的，尸若肉泥；在飞石下的，脑浆横飞。

瞬息之间，安定东河的河水被血浸得通红，激起的浪花溅在岸边的崖上，是斑驳的血痕。

再看那支突如其来的敌军长蛇阵，被斩断了的蛇尾急忙龟缩了回去，退踞在距古堡二十里外关川柏林以西的堡门村扎了营寨。

敌军主帅折了先锋官，恼羞成怒，重整旗鼓，准备次日再战。

这边巾帼元帅初战大捷，传令鸣金收兵，杀羊备酒犒劳将士，以待明日再次交战。

是夜，敌营主帅派出三十余人的一支奇兵，前来偷营。

这支奇兵紧身夜行衣，足蹬轻捷的鹿皮火出留，用红、绿石粉与松墨、白膏涂成鬼脸。他们带了攀岩爬壁的鹰爪绳索，怀揣蒙汗药香、竹管飞针，个个腰佩鹰嘴刀，身背轻弩羽镞，手持护腕金钩。

他们趁着天色一片漆黑，月儿还没有升起的时候，摸到了古城堡的跟前。看见护城河上吊桥已经拉起，对岸哨棚里几个士兵酗酒猜拳。

那些鬼脸人，悄悄地泅水过了护城河。

鬼脸人个个身轻体捷，搭背飞身已过了古堡的罗圈围墙。但见罗圈院内两处哨棚，一处明亮但无人影，一处松明之下聚众赌博。

鬼脸人摸至哨棚的瞭望孔前，将蒙汗药香点燃后，向瞭望孔慢慢伸进，缕缕药香的烟丝徐徐飘去。

不一会儿，哨棚里的军健蒙头俯桌的、斜躺横卧的，一个个瘫软了下来。

鬼脸人解下腰间的攀崖鹰爪绳索，将那鹰爪甩上古堡的雉堞中。鬼脸人若那飞

天蜘蛛，顺着游丝一样飘浮的绳索，悄悄地向上爬去。

他们想着，只要上得古堡的哨墙，占据哨墙上巡逻道的一侧，这沉睡中古堡的一切，就轻而易举地在他们的掌控中了。

鬼脸人欲上古堡的雉堞时，堡墙头、罗圈院内火炬燃起，照得鬼脸奇兵像被撕破了网的蜘蛛，一个个悬在晚风吹拂的游丝上，欲上不能欲下不得。只听见嗖嗖之声，乱箭穿透了胸背。掉在地面上的，像从水中迸跳出来落在岸上的鱼儿一样，弓了几下腰身也丧了命。

你想，激战后的双方营寨都是严防固守，谁也不敢掉以轻心。敌营主帅侥幸的此举注定是不能得逞的。

那一夜，敌营主帅一直等着成功的信息。五更后，凄冷的戍楼刁斗声告诉他，偷营去的鬼脸奇兵覆没了。

第二天，夜幕还没有完全拉起，天上布满了灰白色棉絮似的密云，那云寂然不动。晨曦中看去，起伏得很缓慢的山坡渐渐呈现苍黄的颜色。晨曦慢慢升起了，残秋里山麓上的丛林，可见无数像枯骨一般灰色的树桩，树的枝头上渐变枯黄的叶子在秋风里颤抖着，景色异常荒凉。

几只乌鸦翩然掠过，听不见翼响地逝去了。

敌营主帅一夜没有合眼，这会儿又起得这么早。他走出帅帐时，就看到了这一切。他的潜意识中，觉得这是一种不祥的征兆。但他坚信他们的祖先说过，他们是北漠的骄子，北漠骄子达斡尔人是受过苍天的雨露洗礼的。他们出兵的那天，老天就下了一场大雨，雨水淋湿了将校的戎甲、士兵的毡帽，还有他帅盔上的红缨子。

受过了天神洗礼的达斡尔人，一定是能克敌制胜的。可昨天，怎么接连失利呢？他口里念叨着，昨天的失利与今日所见的不祥征兆完全是两码事，是风马牛不相及的。

他环视了一下眼前这片苍凉凄冷的沙场，一阵冷风吹过，觉得浑身的血更加冰凉。他寻思着，你我同在这一战场上较量，这不祥的征兆难道不应当是你的吗？他在心里重复着，达斡尔人是受过苍天洗礼的。

巾帼元帅今天起得也很早。昨天的夜里她周密地安排好一切之后，就酣然地睡去了。她梦见她一马当先，屡战屡胜。她凯旋，她高歌大笑。早晨她是从梦中笑着醒来的。

每天天一亮，她就带着护卫在山上山下各处的营盘里巡视一遍。这会儿，她正站在东山上土堡的最高处。

她远远看去，一片片连绵起伏，在地气涌动下的山梁过后的天边，隐约中有日出的红光透亮。秋风在这里更为强劲，吹动着她帅盔上的大蛾子雁翎在舞动，掩蟒的靠襟也翻卷了起来。她也曾为苍天立下誓言：捍卫华夏的列土，不允许敌人践踏一草一木。

这一天快午时了，安定东山脚下一片开阔的平野上，中原巾帼元帅与北漠达斡尔军主帅的军队两相对峙。

敌军阵前，一个两鬓耳际和后脑勺子下留着三缕长发的达斡尔军汉叫喊着。这军汉身上羊皮搭背，一只光着的膀子裸露在外，黑里透红的肤色和那同样颜色的脸面，铁铸罗汉一般。两手举着护腕钺斧，胯下一匹骟马。口里生硬的汉语，出言不逊地叫骂着："今日爷爷——在此，小娘子——快快下马受缚！不然——叫你香魂断无——归路——"

军汉话音未落，敌军阵中的士兵就嗷嗷地叫着应和。

巾帼元帅深知这种泼皮骂阵的下作伎俩，她回过头来对身边一员少将军叮咛了几句。

只见那少将军跃马阵前，那匹白龙战骑腾起前蹄，长鸣一声。马蹄落地时，战鼓擂起，少将军大喊一声："匹夫，休得无礼！"马的前蹄扣着地面，像搭箭张弓拉紧了的弦一样，瞬间猛冲过去。少将军手中的蛇矛直搠那泼皮。

泼皮急中用手中的护腕钺斧架住，少将军顺势旋动蛇矛，将那对钺斧撅出丈远。泼皮护腕的生牛皮绷裂。两腕鲜血淋漓。待要回马，被少将军枪刺肩背，军汉落马。

阵中鸣金，少将军拨马回来。

第二拨交战，双方都是中年战将。中原汉子使一片大刀，北漠军汉手持一根铁

杖，杖长丈许，寸径粗细。相迎后，各自在马上拉开架势，双方试探了一阵，突然中原汉子大刀划去，直取北漠军汉的首级。但见北漠军汉举起铁杖挡过，调转马头，抡起铁杖悬空砸了下来。看看正中中原汉子的面门，中原汉子躬身回马轻轻躲过。

两匹骏马在战场上擦身靠鞍，跃顿回旋。

两个人较量数合，不分胜负。中原汉子削砍劈拔，北漠军汉抡扫闪转。大刀猛剁泥，铁杖扫落叶。双方手起风生，忽忽直响。精彩之处，众人看得出神。看看数十回合后，两人还要再战，双方营中息鼓鸣金，将各自的战将召了回去。

北漠主帅看着两战不能取胜，就心火乍燃，急燎燎地跃马阵前。

北漠主帅头上光秃，擦耳根一圈毛发，茬茬胡子，宽肩阔膀，体态魁梧，头似达摩，体是罗汉。使一柄狼牙大棒，他取胜心切，两眼怒火，脸色铁青。他一手握着狼牙棒，用力太过，要将棒子捏碎；一手紧勒马缰，那马昂首动唇，前蹄不停地交替踏着地面，也似急躁的样子。

他不作势，不驻足，像不安的猛兽。

这一方，有一将军将要跃马出阵，被巾帼元帅横搠挡回。

但见巾帼元帅手持方天画戟，胭脂坐骑出阵，一团烈焰冲将过去，画戟直点北漠主帅的心窝。北漠主帅看是一位女子，舒了一口气，心想这丫头还想敌我？他举起狼牙棒挡在胸前，哈哈大笑说："爷爷与你玩耍玩耍——"

巾帼元帅见状，稍稍抬了一下画戟直刺对方面门。北漠主帅急忙躲开，两匹战骑擦身靠鞍而过，发出裂革断金之声。

双方回马又成对峙。

巾帼元帅再持画戟直刺，北漠主帅用狼牙棒挡过。

巾帼元帅勒马绕步，做了个虚势。

北漠主帅趁机抡起狼牙棒横扫过来，巾帼元帅顺势勒马让开。

北漠主帅横扫时，那抡起的狼牙棒用力过猛，在马上旋转了半圈，正好侧过身来。巾帼元帅的画戟刚好向那腋下斜插过去，北漠主帅连忙勒转马头，已经迟了，画戟枪头寒光闪亮，将那北漠主帅挑下马来，一头触撞在地，脑浆迸出。

北漠主帅身经百战，本领非凡，但因傲火入窍，躁焰攻心，麻痹轻敌，落得尸横沙场，归魂无路。要不然，他与巾帼元帅打个平手，也是情理之中的事。

主帅落马，敌营军中大乱，中原大军掩杀过去，所向披靡。敌兵死伤大半，北顾逃命去了。

这一战事，北漠折了主帅，元气大亏，中原边防就安定了十余年。

十余年中，北漠日夜想着复仇雪恨，以洗前耻。明的不行来暗的，阳的不行来阴的。

北漠以重金珍奇行贿中原的贪官，想尽办法安插细作。

又是一年的秋天，草长粮足，兵强马壮。北漠兵分两路，一路绕道河西而来，一路穿中卫、越四方，从北边直插下来，与镇守在华家岭上的军中内奸沆瀣一气，截断了八盘山路。

一天夜里两路人马合围偷袭，将古堡团团围住，巾帼元帅被困在古堡中。

敌人围了七天七夜，古堡中弹尽粮绝，求援无济。

又是一个夜晚，敌人的火器将堡墙炸裂，密密麻麻的火箭射入堡内。

在一片火海里烈焰腾空，烟云飞去。人们看见那烟云之上，隐隐一队人马，为首的就是巾帼元帅，依然是红色的掩蟒，大蛾子帅盔，还是那胭脂骏马，朝着天门渐渐远去。

第二章　天意不可违

这天一大早，宗信和庄子上的人一起去靠河沿边上的龙王庙祈雨去了。

龙王庙是一个独立的硬山神殿，神殿筒瓦跑脊，檐口五福滴水。神殿的顶子上，多年的旧瓦苔痕斑驳，堆出灰绿的颜色。铁锈红的庙门，两边是两个六边形的窗子。十字格的窗棂上蒙了两方黄色绫子的旧匾。

庙内神座上龙王塑像，龙角高凸，脸面龙形，环眼獠牙，银髭虬髯。头上紫金冠戴，身穿水蓝色的袍服。一边鱼头的童儿是鱼兵，另一边虾面的童儿是虾将。

神座前的供桌上摆满了供龙王和兵将飨用的供品。神殿的檐口，贴上了一排白纸蘸过五色、折边的金斗牙旗，每个牙旗上写着一个字，横着看过去：天神保佑，早降甘霖。神殿的阶前，置一尊生铁铸造的香炉。青砖砌成的台阶，阶下与那香炉的周边有几丛蒿草。雨水好的年份，这蒿草飞长着，过人的膝盖。今年天旱，蒿草贴在地皮上，几点根芽旁是经年焦黄的败叶子。

去龙王庙祈雨的人，聚集着跪在神殿的正前方。人多了，有人已跪到了河沿边上。宗信领着大儿子也跪在人群中。

主事的乡绅焚香秉烛，然后领着大家叩头祭祀。庄子上的阴阳先生头戴坡状的帽儿，身穿黑色的袍子，一手摇着铜铃，一手掌着经卷，口中喃喃地念诵着。

阴阳领着徒儿，一个十一二岁的男孩，身上的袍子太长，撩起了前后襟子，用一条玄色的带子系在腰间，袖子也挽了几道露出手来。帽子的檐儿遮在眉下，手里拿着木鱼，不断地敲击着，发出令人烦躁的咚咚咚的空木声音来。

焚香跪拜之后，那乡绅怀抱龙王爷莲座云头的神牌，阴阳陪着，一直不断地念着经文。众乡亲跟随着走过村子里的阡陌交通，最后通过那古堡前的公路，回到龙王爷的庙殿里。

那乡绅高声诵读事先写好的祈雨祭文并雨符，是恳请龙王爷亲自视察旱情、灾情之后，呈请玉皇大帝早日派雷公电母、风婆雨师领旨降下雨来。

诵读后，将那祭文、雨符一并焚化了。

祈雨的诸事结束后，宗信打发大儿子回家去，他独自一个人上山来。

安定这地方十年九旱，今年已奔夏至，地里的庄稼马毛一样。宗信在自家的田埂上徘徊了一阵，在一处较高的地上坐下来。

他瞅瞅天空，晴得发蓝，连一丝儿飞絮都没有，天气燥热燥热的，他用汗衫的襟子擦了一下额头。他的背上被汗水浸透了，白色的衫子显出一大块灰黄的颜色来。裤腿绾得高高的，赤着脚，头上戴着一个用柳树的枝条编成的帽儿。憨厚的脸上浓眉大眼，但眸子深沉，双眉紧蹙。

宗信摘下柳条帽儿，放在身旁的地埂上。他想，春末的时候祈过一次雨，可雨一直没有下。这是第二次祈雨了，如果再无雨，就害了庄稼人的命了。

宗信老家在秦安，弟兄五人，按仁义礼智信，他排行老五。

十多年前，也是天灾。灾难降临，连年大旱，寸草无生。靠天吃饭的人没有了活路，死的死，逃的逃。宗信逃亡在外，风餐露宿，历尽了人间的冷暖。他流落到异乡的一个县城里，适逢吉鸿昌的部队征兵，他们宣传保土抗日的道理。

宗信是个热血男儿，就去报名当了壮丁。

当时，中国人民的抗日战争正处于白热化时期。当了壮丁，经过短期训练，就要立赴前线去保国杀敌。吉鸿昌的部队是冯玉祥部队的一支劲旅，战前的训练虽说时间紧迫，只有月余，但教官们很是严厉。在校场上，摸爬滚打、越障困渡、拼刺射击，样样都要经过艰苦的训练与严格的考核。

宗信深知这训练虽然时间短暂，但分分秒秒都关系着在命悬一线的战场上能否克敌制胜，能否活着归来。所以他在训练中善动脑筋，肯下功夫。

当时他吃得不好，日晒夜露，训练很苦。十六岁的他，在训练中身背行军包、长枪、子弹袋，腰缠给养袋，腿上系着沙袋，肩上还要扛一箱子手榴弹。加起来不下百二三斤，跑上三四十里，汗流浃背，气喘吁吁。到了终点身子骨都要散架了，

他还是坚持了下来。

在训练中，每人还配备了一柄大刀，他们按着马凤图的刀法教范，轮番劈拨，削砍冲刺，宗信都能刻苦钻研，精心探求，细细琢磨，悟出适合自己体能的技巧方法来。

训练结束的考核中，他各项技能名列在前，受到教官的勉励和嘉奖。他当上了壮丁中的班长。

在沙坪堡的战役中，宗信所在的连队和日军对峙着。一天下午，肆无忌惮的敌人开始进攻了。连长从望远镜里发现，敌人调布榴弹炮对准了宗信他们所在的阵地时，连长命令他们赶快离开阵地，躲在旁边的掩体里。敌人轰炸了一阵，炮声停了下来，他们又迅速进入阵地。

打阵地战就是这样，指挥官要攻防灵活，心中有数，方能保存自己，克敌制胜。一会儿，乘着轰炸后的落尘未定，敌人嗷嗷叫着，冲到了宗信他们的阵地前边来。

连长说："好啊，送死来了！放近了打！"

三十米，二十米，十米了。

连长喊声："打！"

步枪、机关枪一阵风似地扫过去，手榴弹甩在密集的鬼子群中炸裂了，从地面上溅起的沙土碎石中，看到和钢盔系在一起的鬼子头颅、断裂的腿、破碎了的枪支。鬼子败了下去，向后撤退了。落在后面的鬼子中了散弹的，趔趄着摔倒了。一阵激烈的战斗，鬼子的进攻被压了下去。

这一天鬼子受了重创，龟缩在掩体里，固守阵地，等待着增援的部队。

连队接到上峰命令，端掉眼前鬼子的阵地，必须阻击敌人的援兵，争得时间，配合大部队的总攻。

是夜，月色朦胧。连队派出尖刀排，从正面牵制敌人，另外派出两个排，从两翼迂回到敌人阵地两侧，配合正面的尖刀排，一举全歼敌人。

宗信正在尖刀排里，他们班的任务是干掉敌人的指挥所。

敌人是一个加强中队，指挥所防守严密。宗信带了两个士兵化装成鬼子兵潜入，三个人摸进敌人的阵地，截断了电线。乘敌军阵地上一片漆黑，他们混到指挥所跟前，几枚手雷将指挥所炸了个底朝天。

宗信他们中心开花，朝着前沿阵地上的敌人背后一阵扫射。黑夜里，敌人摸不着头脑，掉转枪口只是乱射，打死打伤不少自己的人，阵地上乱成了一锅粥。

迂回到敌人两侧的部队乘机攻了过来，正面进攻的尖刀排也加强了攻势。

天亮前结束了战斗，部队夺回了一个居高临下的阵地，两门榴弹炮也掉了头，有力地阻止了敌人的援兵，为大部队的总攻赢得了时间。

这次战役，连队受到上级的嘉奖，也给宗信他们记了战功。

艰苦的抗战，大家熬煎着，岁月迟迟。战友们伤的伤，残的残，牺牲的牺牲。中国人民用鲜血保卫着自己的家园，用生命捍卫着自己的国土和民族的尊严。

1945年，中国人民的抗日战争终于胜利了，大家想着天下太平了，人民可以过上好日子了。谁知，国共两党又刀兵相见，国民党要打共产党，军队不愿意，有良知的军队将领不愿意，全中国的老百姓不愿意。

宗信他们要离开部队，冯玉祥给他们发了路费。

宗信回到家乡，可何处是他的家啊？他一个逃难在外的人，没有土地，就当上了麦客，和几个新结识的伙伴一起赶麦场。

每年的农忙期，这麦客是到处都能碰到的。他们成帮结队，少则三五人，多则十七八，大都是同村同乡。他们家境贫寒，无有土地，佃种几亩薄田。年成稍微不好，就连租子也缴不上，只得预约结伴去他乡，用廉价的劳力换来一点养活老婆孩子的口粮钱。

赶麦场是个季节活，尽管说天下麦黄在一宿，但这是指的小片天地。偌大一个天下，相连着的几百里、几千里地，那麦黄是由东到西渐次儿黄过去的。赶麦场就是追赶那瞬息变换的季节掠过大地的脚步。

宗信一个人，赶麦场，赶到哪，走到哪！

有一天他们爬过了六盘山，又翻过了华家岭。

宗信来到了安定景家店，他落户在景家店。过了两年他娶了妻子王氏，王氏名

玉莲。玉莲勤劳、贤惠，娘家在一个叫马营的地方。过了几年，宗信、玉莲已有了两男两女。

这一年，夏田颗粒无收。打从六月起下了点雨。

转眼秋风瑟瑟，庄稼歉产的年景，农村里一片萧条。打谷场上就那么点瘪谷、糜子，缴完了租子，就只能喝点稀汤充饥。

玉莲怀孕已有七八个月了，她穿了一件稍宽的衣服，但还是明显地看得出那挺挺的身子。她每天还要领着孩子，去山圪上挖野菜。

这年月，富人家里的女人怀上孩子或许还是喜事，而穷人家的女人怀上孩子就成了负担。玉莲和宗信商量过，将这孩子打掉。

玉莲那一天怯怯地对丈夫说："咱们家，这孩子已有了四个，这会儿又遇上这么个年景，这个孩子，咱们还是不要了行吗？"玉莲说着话眼泪就掉下来了，毕竟是她已怀了几个月的骨肉，怎么能说不要就不要呢？实在是一家人顿顿野菜稀汤，叫人活不下去。宗信不吭声，这事女人不说，他心里也想过了。他问过景家店街头的那个医生。

玉莲看了看丈夫又说："他爹，你做个主么！"

宗信说："这事，我和你一样。"

宗信说着话，眼睛里也旋着泪花，眼睛都红了。他是心疼妻子，还是心疼妻子肚子里的孩子？或许是两者都有。

停了一下，宗信接着说："我前些天问过街头上的那个医生。"

玉莲说："医生是怎么说的？"

宗信说："那医生说，打胎的事，孩子肯定是不要的。可月份这么大了，要打胎，大人恐怕也难保住的。"

玉莲看看丈夫，什么话就再没有说。

这事也就这样搁下了。

农历十月初一那天，玉莲生下一个女孩。

玉莲将这孩子抱在怀里，她哭了。不是喜悦的眼泪，她很痛苦，她哭得很伤心："这年头，四个孩子叫我怎么养活他们？可你……老天，这叫我怎么办啊？"眼泪流过她的面颊，滴在孩子的脸上。

孩子哇哇地叫着，她心疼地将奶子喂在孩子的嘴里。孩子吃了奶，睡着了。她仔细地端详着孩子，又哭了。她生了前四个孩子，那会儿，她看着一个个小生命，她是无尽的喜悦，孩子是她和宗信共同的宝贝，是她和宗信爱的结晶。望着孩子们一天天长大，多苦的生活她都觉得香甜。可今天，她的感受不是那样的。

今天，她有说不出的苦楚。她不恨孩子，不恨宗信，宗信的心里也一定和她一样的痛苦。她恨自己，她恨老天。

宗信这几天也吃不下喝不下，睡不着觉。几天时间，人都瘦了许多。他心里在想什么？男人心里想什么，不轻易说出来，特别是遇到了什么难处的时候。

那一天，她瞅着孩子，哭了又哭，就哭着给孩子喂了奶，孩子睡了。她看着孩子又哭了一阵。她把孩子包好了，抱着孩子站在地下。她背着门，眼泪不住地流着，滴在了包着孩子的那块血渍斑驳的破布上。那是她从浸透了血的裤子上扯下来的一片布，一片血渍斑驳的破布。难道我这孩子到这个世上来……就是为了来讨这样一片血渍斑驳的破布？仅仅是这样吗？她不敢再想，她满眼的泪，混合着血的泪。

她抹了一把眼泪，愣了一会儿，咬咬牙，转过身去。她快步冲出门去，到院子里，她一手扒开土炕的炕眼门。炕眼洞开，炕眼里是燃烧的牛粪和着的杂草节子，黑里透红，黑色的草灰包着火，火没有火苗，纯然是一团火，一团深海的水似的火。那火，一下子可以将所有吞没。吞没所有，海水一样，比海水还要可怕。吞食一切，恶狼一样，比恶狼还凶残。她不敢看那火，她不敢看孩子。她心如刀绞，她浑身在发抖。她失去了知觉，心肝麻木。她的心此刻变得冰凉，冰凉得像严冬风雪里的一块石头。这会儿，她不由自己，她疯了，她失去了理智。她觉得她和食人的野兽没有什么两样，她和传说中的魔鬼有什么两样呢？

她不由自己，她颤颤地将手中用血渍的破布包着的孩子推进炕洞里，她心里说：那不是孩子，那是一个包袱，一个不容许留在人世上的包袱——

正在这时，嘭一下，院子的大门被人推开了，跑进院子的是她的二女儿莲子。

莲子跑到妈妈跟前，看着妈妈抱着小妹妹，颤抖着手，要将她塞进炕洞里去。

莲子惊讶地叫喊着："妈妈，你要干什么？"莲子撕住妈妈的胳膊，哭着要妈妈留下小妹妹。莲子跪倒在妈妈的眼前，双手紧紧地拉着妈妈的手。

她看着哭喊着跪倒在眼前的莲子，猛然清醒了过来，她心软了，瘫坐在地上，将孩子紧抱在怀里。

莲子抱着妈妈，两个人哭着，都哭出声了。

莲子哭着说："妈妈留下小妹妹，我以后少吃一点饭，行吗？"

她哭着，她更难过。她说："好孩子，别哭了，我留下小妹妹就是了。"

她痛苦，她悔恨，她羞愧。看着懂事的女儿，她心里高兴。她说："我一定留下小妹妹，再不干这样的傻事了！"

看来这是天意，天意不可违，莲子给妈妈擦着眼泪。

庄子上的人背地里风言风语地说："宗信家那孩子，生日在十月一，那是个鬼节的日子。不生祸患，就有灾难，是很不吉利的。"

这话传到宗信的耳朵里，宗信不服气，就去找庄子上的那个阴阳先生，要给孩子讨个说法。

阴阳先生说："人们说十月一是个鬼节，听起来不顺听。仔细想，这一天是活着的人给去了的人送寒衣的日子，是后人对先人尽孝的日子，是亲人思念亲人的日子，是朋友怀念朋友的日子，是个好日子。是一个天、地、人皆大欢喜的日子。"

阴阳先生停了一下又说："这孩子生在这一天福大命大，是很金贵的。你们夫妻要好生养育这孩子。"

宗信将阴阳先生的话说给了家里人。

莲子说："很金贵，就叫小妹妹焕金好了。"

宗信说："好啊，就叫焕金。"

第三章 子归，子归

留住了焕金的小生命，一家人过着拮据的生活。人们说穷人家的孩子是苦水里泡大的。也的确，焕金一天天在苦水里泡着，也一天天长大了，懂事了，也可爱了。大姐荷月、二姐莲子都疼焕金妹妹，焕金也最爱姐姐。

这年份，雨水顺一年旱一年的，一年里那雨又多一季少一季的。庄稼人苟延在黄土的地头，撒几粒种子，是要用汗水去浇灌。那汗水是苦的，岁月怎能不苦呢？

瘠贫干旱，原上的草从来没有长长过，地埂上的蒺藜草也只能开出指尖大的小黄花。

焕金是父母用又苦又涩的汗水养育着，就像那地埂上蒺藜草开出的一朵小花。

荷月姐姐和哥哥们，每天要跟父母去地里劳动，他们天不亮就要出门。去的时候，妈妈给二女儿莲子和焕金每人一块用苦苣菜和着谷糠烙成的烙饼，孩子的小手掌那么大。

莲子比焕金大四岁，大人们去了，她俩就看家护院。院子的大门父母走时就锁了，她俩抬头就是院子大的那一方天，低头是那一方地。天晴的日子里，天上有一轮太阳。在焕金的心里，那太阳好神秘好神秘的。它给人们温暖的时候，心是那么公平，没有一点点的偏倚，是穷人是富人，是大人是小孩，是男人是女人，它是一样地公平。可它不高兴的时候，就天天晒你，狠狠地晒你，晒得大地火辣辣的，庄稼也被晒死了，是晒苦了穷人。

焕金看着天上除了那轮神秘的太阳，有时候还飞过几只小鸟。小鸟一掠而过，也不知飞到哪儿去了？白云飘来了，又飘去了，也不知飘到哪儿去了？总之那天又高又远，远得无边，高得渺茫，天上的一切都是很神秘的。

脚下的这方地上，除了姐姐莲子和她，还有一只小狗，一只花猫，两只小鸡。

　　小狗是帮着主人把守门户的，小狗是很灵敏的，这院子外边一有动静，小狗就竖起尾巴朝着有声响的方向拼命地叫，直到外边的动静没有了。外边的人一听见这院子里有狗叫声，肯定就不进来了。

　　花猫是捕鼠的能手，农民家里存上一点粮食，或是留上一点吃的东西，人舍不得吃，就叫老鼠给糟蹋了。养一只猫是很划算的。这花猫白天里晒太阳、睡大觉，睡醒了跟莲子和焕金玩耍，有时候还与那小狗逗着玩。逗着逗着就逗火了。小狗的力气比花猫的大，但如果双方真的斗起来，小狗也斗不过花猫，因为花猫爬树与爬墙的本领小狗是根本比不上的。它上到树上，或是爬到屋顶上表现出很悠闲的样子，在屋檐上慢慢地走着，弹弹腿脚，动动尾巴。那尾巴在与小狗争斗时显得特大特大，是它在发威，这会儿就慢慢地缩小了。有时候花猫还故意要趴在小狗能看见它的地方，得意地瞅着小狗，任你去狂吠。

　　小鸡也是很有意思的，满院子觅食、捉虫。不停地跑到这儿，跑到那儿。有一只发现了什么，跑去了，另一只就追上去。它们抢着争着，啾啾地叫个不停。这一切，在焕金的眼里都那么有趣。

　　焕金的天是很神秘的，焕金的地是很有趣的。

　　有时候焕金和莲子姐玩，她俩玩过家家，盖小窝棚，弄小炉灶，修小水渠，种小菜地，弄两手泥巴，也抹了一脸，玩得很开心。

　　每天荷月姐姐跟爸妈出门时，焕金就盼望着她早早儿回来，可她一去就是一整天。

　　天黑了，焕金和莲子坐在屋檐下等着。星星出来了，有时候还有月儿。

　　锁着的大门有了声响，首先发觉并迎上去的是小狗，小狗轻声地哼叫着，没有先前那样的吠声。

　　焕金瞅着从门里进来的人，她瞅见了荷月姐姐的身影，就跑过去，张开两只小手臂。荷月躬着腰，从焕金的腋下托着她到屋檐下，坐在那儿歇一会儿，荷月实在累了。

　　焕金将一小块自己刻意留下来的烙饼喂到荷月姐姐的嘴里，荷月抱着她，亲她。

焕金三岁那年，家里确实养活不起这么多孩子了。一个亲戚和外村一家人拉家常，谈起她家的情况。

那是一个富裕的家庭，两口子结婚好几年了，没有生养，他们想抱认一个干女儿。

亲戚把这话说给了焕金的爸妈，大家觉得这是个好事。

那天玉莲给焕金说："邻村的陈姨家没有孩子，人家光阴很好，房有房粮有粮的。陈姨想认一个干女儿陪着她。妈妈想了，咱们家孩子多，你认了陈姨干妈，每天里陪她玩耍，可好？陈姨一定会给你好吃的。"

焕金听了，高兴地说："只要有好吃的，我愿意认陈姨干妈。"

焕金圆脸俊俏，大眼睛，见人总是笑着，脸蛋上现出两个甜甜的酒窝来。吃不饱的孩子，憔悴是很憔悴，但谁见了都很喜欢她的。经那亲戚说合，焕金就认了陈姨干妈。

说是给焕金认了一个干妈，实际上是焕金的爸妈商量过了，把焕金送给了陈姨当女儿，是给焕金找一个有一口饭的去处，好叫孩子活下命来。

孩子懂事了，给孩子说是认干妈，好叫孩子心理上能接受。玉莲是赔着笑脸说给焕金的，说着话她只有将眼泪吞咽在肚子里。背着孩子时，眼泪就涌出了眼眶。孩子去了，她想孩子。孩子大了一定会恨她的。但是，为了孩子的活路，她没有办法，她只有这样。

陈姨到家里来过几回，给孩子带来了一些吃的东西，陈姨分给了几个孩子，给焕金的最多，焕金高兴地叫干妈。

干妈晚上就回去了，白天就来了，焕金和干妈可好了。焕金喜欢这个干妈和喜欢自己的妈妈一样。

过了些日子，干妈领焕金去她家玩了一次。干妈家是很好的，大大的院子，大大的房子，好吃的东西。

晚上干妈就把焕金送回来了。这样过了几天，焕金就自觉自愿地住到干妈的家里去了。干妈像亲生的妈妈一样喜欢焕金。

时间过得真快，焕金认陈姨做干妈已有四十来天了。

一天夜里，焕金睡去了。

陈姨给丈夫悄悄地说："我这几天胃里不舒服，尽是想吐，我想是不是有胃病了。我去找街头的那个医生瞧了瞧，他把了一下我的脉象。"

丈夫说："他给你把了脉象，说你是什么病？"

陈姨说："你猜啊！"

丈夫说："你快说，得了病要及早看，你还叫我猜什么？"

陈姨笑了笑说："我有喜了！"

丈夫说："什么？"

陈姨娇态地说："人家有喜了么！"

丈夫高兴地说："啊？好事啊！你怎么不给我早说，叫我早高兴？"

陈姨说："这事连我也不知道，我哪能给你早说呢？"

丈夫说："也是。"

陈姨说："医生说，大概有四十天了，四十天就有反应了，恶心想吐是正常的事。"

丈夫说："那就好。"

陈姨说："我算了一下，是我认焕金做干女儿那会子怀上的。我想，焕金这孩子，咱们认她是认对了，我肚子里的孩子肯定是她给咱们带着来的。"

丈夫说："是啊，一定是这样的。"

从此陈姨和丈夫更喜欢焕金、爱焕金了。

转眼陈姨生下了一个白胖白胖的大小子，陈姨和丈夫天天爱着儿子、宠着儿子。

先前陈姨一有空就要抱抱焕金，现在不抱了，是抱小弟弟去了。先前陈姨每天晚上陪着焕金，搂着焕金睡觉，现在不陪她不搂她了，是陪小弟弟去了。

有一天焕金去妈妈家里，将这些都悄悄地告诉了荷月姐姐，她还说给荷月姐姐，她要回来。

荷月也不知怎么回答她，也不知道应当怎么办。

过了几天荷月牵着家里唯一的一只小羊，去山峁上放牧。

今年雨水合节，山峁上有几处草滩，草肥草嫩。荷月选了一处较为平缓的草坡。

太阳照在这个山峁上的时候，荷月牵着她的羊儿到了这个草坡上。这里视野开阔，可以看到远处的山峦、近处的人家。远处的山峦是淡淡的青色，近处的人家是绿树环绕着的庄园屋舍。山野里的地一块一块的，庄稼的各种颜色组成了无数的格子，那些格子没有一定的规则，方的、长方形的、三角形的、菱形的。有的什么形状也不是，但连缀在一起很好看的，像妈妈用一块一块各种颜色的小布头拼凑在一起给她做成的小坎肩。

人家的庄园里隐约有鸡鸣犬吠的声音，庄稼地里有锄草的人、拢田的人，也有人赶着牲畜，绕着曲曲折折的山路走去。荷月的前方是一个小峡谷，从这里可以看到谷底的那条小溪流，本来是青蓝色的水，在阳光下成了闪闪发光的银色。

远处传来小伙子的山歌声：

> 高高山上种胡麻，
> 对坡上有一片菜籽花。
> 胡麻开花搭蓝伞，
> 菜籽，它开的是一朵朵黄花。

那小伙子的歌声刚停了，对面山上就传来了姑娘的歌：

> 哥哥就是那胡麻花，
> 妹妹两鬓上插黄花。
> 太阳么，晒在了妹妹的脸上，
> 借哥哥的蓝伞遮阴凉。

小伙子又唱了：

借我的蓝伞我给你，

你那黄花就是哥哥的。

姑娘又和着：

你要采花你就大胆地采，

你来迟了，花儿就成了人家的。

荷月觉得这山歌歌调悠扬悦耳，怪好听的。就是那词儿么，她似懂非懂的，她听了一阵子，也理不出头绪来。

她吹起了她的口弦，这口弦是用一个一指宽的竹片做成的，有一个手指的长。姑娘家一只手将那口弦按在口唇旁，另一只手不停地拉动系在口弦上的绳子，口弦的簧片就颤动着，姑娘半开着口嘘嘘着气，就按着节拍弹出各种悠扬悦耳的曲子来。

每个曲子也有那相应的歌词，弹着那曲子时，心底里就唱着那甜美的歌。

荷月弹着，在心里唱着：

山里的个野鸡儿，

红冠子呀！

谁给你呀，打下的，

金簪子啊！

姐姐妹的红花开。

山里的个野鸡儿，

红冠子呀！

谁给你呀，做下的，

蓝衫子啊！

姐姐妹的红花开。

荷月不停地重复着弹着，在心里重复着唱着。

羊儿吃饱了肚子，卧在荷月的腿旁，竖着毛耳也在静静地听她弹着的曲子。小鸟飞来了，在荷月的头顶上旋了一圈，扑噜噜地飞去了。向一棵树飞去，停在枝头上，叽叽喳喳地叫着，和着荷月的口弦声。蝴蝶飞来了，小蜜蜂也飞来了，在荷月身边的花丛里。

突然羊儿回过头去，咩咩地叫着。荷月也回过头去，原来是焕金小跑着从山峁上跑过来了。

荷月停下了弹着的口弦，惊讶地看着。

焕金跑到荷月跟前，气喘吁吁的。

荷月问她：“你怎么来了？你怎么知道我在这里？”

焕金说：“我想姐姐一定在这里的山峁上，我找了一大圈，总算找到了你。”

荷月抱住焕金，仔细地看了看妹妹，她看着妹妹的眼睛说：“焕金，你找姐姐有啥事吗？”

焕金说：“前些日子我不是给你说过了吗？我要回来，回到咱们家。”

荷月说：“那怎么行？这给大人怎么说呢？”

焕金说：“我想妈妈，我想姐姐。”

焕金说着，流泪了。

荷月说：“这事干妈知道吗？”

焕金说：“干妈不知道，我是背着干妈跑出来的。”

荷月拿她没有办法，天快黑的时候，只有把她带了回来。

荷月跟焕金商量好了，叫焕金暂时住在羊圈里，过几天找机会把她领回家去，焕金也同意了。

晚饭后，荷月偷偷地拿了一块烙饼，给焕金拿了过去。

荷月说：“我把这小门弄好，你晚上千万不敢出来，明天我一大早来牵羊上山，咱俩就去山峁里，好吗？”

焕金点着头，答应着。

荷月弄好羊圈的门回去了，焕金一个人留在羊圈里，陪着她的是那只毛耳的小羊。

天黑了，羊圈里更黑了，焕金的心里觉得好怕好怕。黑夜里她看见羊儿发着蓝光的眼睛，她想起了大人们讲故事时说，狐狸精晚上就有那样的眼睛，狐狸精是会吃人的。她想着，出了一头的汗。她摸摸羊儿的头，她确定眼前的是羊儿，她就不怕了。

她又想着，狐狸精打扮成小羊儿妈妈的样子，头上包一个花头巾，提了一个篮子，骗小羊开门，小羊儿不给开门。狐狸精央求着，没完没了地央求。

狐狸精唱着迷人的歌：

> 小羊儿乖乖，
> 把门儿开开。
> 快点儿开开，
> 妈妈要进来。
>
> 小羊儿乖乖，
> 把门儿开开。
> 快点儿开开，
> 妈妈要进来。
> ……

狐狸唱了一遍又一遍。小羊儿最后还是开了门，狐狸精就进来了。

她想着，想着，又害怕了。她怯怯地给小羊说："我们不要受骗，我们千万不要给狐狸精开门。"

夜深了，羊儿睡觉了。她也困了，她偎在羊儿的身旁睡着了。

第二天，两家的人都知道焕金出走了，到处寻找。

干妈到处寻问着找了，没有找到焕金，干着急也没有办法。焕金的妈妈找不到女儿，哭得死去活来。

隔了一天的晚上，荷月领着焕金回到家里。

荷月说："我今天去放羊，傍晚的时候看见焕金在山坬里，我就把她领了回来。"

妈妈抱着女儿哭着说："回来就好，回来就好。"

宗信问："你这两天，到底去哪里了？"

焕金只是哭，什么也不说。再问，她只是说："我要回家。"就又没有话了，只是不停地哭。

大家左哄右哄，哄乖了她。就再也不敢问什么了。

当天晚上宗信去告诉了孩子的干妈："孩子回来了，说她要留在家里。"

干妈高兴地说："孩子回家了就好，我也就不担心了。我担心会出什么事，几夜都合不上眼。孩子留在家里，我也高兴。"

晚上干妈过来看了焕金，抱着哭了一阵，就一个人回去了。

传说中有一条子归河，是讲有个游子归来的故事。儿子云游到天涯，有一天突然思念母亲，就万里跋涉归来，路过这条河，河水吞食了他。有一尾大鱼救了他的命，在水上漂泊了十年，十年后母子相逢了。

第二天，荷月照样要牵羊去放牧，还特意领上了焕金。

谁知去了羊圈时，两个人都被吓呆了。

就在昨天夜里，恶狼刨开了羊圈的门，拖走了那毛耳的小羊。

过了几天，焕金给荷月说："是不是恶狼像狐狸精一样，扮着小羊的妈妈骗开了羊圈的门？"

荷月说："也许是的。"

第四章　古老的歌谣

有一支古老的歌，
从远古远古一直唱着，
唱到了今天。

这支歌，
从久远的岁月传来，
从茫茫的原上飞过。

这支歌，
山丘上的石头也会唱，
唱出那金戈画戟铿锵旳声音。

这支歌，
村边的老树也会唱，
唱出那胭脂骏马嘶叫的长鸣。

山头上的土堡记住了它，
每一句歌词是一串泪，
一颗字就是一滴血。

河边的古堡记住了它，

将军威严的眸子，

硝烟遮不住她的秀眉。

天上的白云记住了它，

将军归去时洒下的泪，

一滴滴洒在这脚下的小河。

在这里，

山峁上的每一朵草花就是她，

春风吹来时，她脸上有了笑窝。

在这里，

河谷里的五色石就是她，

溪水流过时，她就唱一支香甜的歌。

在这里，

村子里的姑娘都是她，

山山水水来作证，

朗朗青天也记得。

一晃几年过去了，全国解放了。人民的生活好起来了，焕金有了自己的一件花衣裳。她整天穿着，可高兴啦！

焕金五岁了，她扎了两个小辫子，走路时甩动着，拨浪鼓一样。她有时跟着荷月姐姐去山峁上捡柴火。那一天，她俩去了山巅上的土堡前。土堡的高墙由于经久的风，刀子一样地刮着，剥落得只剩下骨架了。但是隐约中，还可见枪刺与炮轰的痕迹来。土堡周边的地上，也能看到土里露出的白骨碎片，脚的、手的、腿的、头颅的，好怕人。

荷月给焕金说："听老人们讲，这地方曾经打过仗，是保护咱们这地方的好人和侵扰咱们这里的恶人打的仗。那一仗打下来，死了好多好多的人。每当天阴下雨的夜晚，这土堡里就有鬼的叫声。"

焕金说："人死了，就都变成鬼了吗？"

荷月说："好人死了就上了天堂，有的就成了天上的神仙，有的就转生成了来世的人。"

焕金说："那恶人呢？"

荷月说："恶人被打进了地狱，就成了恶鬼。"

焕金说："听人们说，山野里有鬼，到晚上更怕人。"

荷月说："是啊，恶鬼从地狱里偷偷地溜出来，就成了人们说的孤魂野鬼，到处害人。"

两个人低声地交谈着，好瘆人的。她们不时地回过头去瞅一瞅，生怕自己说的话叫哪个白天里溜出来的野鬼听见了。

一阵旋风从那土堡的墙头上旋下来，卷起的土雾像一支巨剑一样直指天上，荷月赶紧抱住了焕金的头，两个人蹲坐在地上。

她俩刚刚捡在一起、堆在身边的枯草叶子，全被掠过她俩头顶上的旋风卷着去了。两个人心里发毛了，头发根子都竖了起来。

她俩看着那旋风去时，绕过来转过去的，不走正路，专找阴沟、坟地、窟圈、枯树，旋着走过去。从水洼上跃过，那水花都溅了起来。从悬崖上下去，刮起崖头一片尘沙。远远地又在河边里古堡的周遭旋了一阵，向着远方去了，像徐徐上浮，去了天宇里的冥冥之中。

夕阳映在天边，雾中是朦胧的红色。

她俩又抬头瞅了瞅土堡，心里一阵瘆得慌。荷月拉着焕金沿着山路急急地往回走。下了山坡，喘了一阵气，就在路边上胡乱地捡了一点柴火，很少很少的。

回到家里时，天已经黑了下来。后来她俩出去拾柴火时，山巅上土堡的那里就再也不敢去了。

一个晴朗的天气，焕金一个人去山岇的一片荒地里剜苦苣。苦苣是一种野菜，煮熟后用清水泡一泡，掺一点糠皮烙成烙饼就可以当干粮、当主食。

焕金剜了两小堆。她脱下洗得已经谢色了的花衫子，将两个袖口子用冰草的叶子扎了起来，把剜下的苦苣装在袖管里。袖管没有装满，她还要剜一点。

这天色，说变就变了。焕金看到对面山头上的天空中灰蒙蒙的，灰蒙蒙的又黑了下来。黑色的云片在天上扩大着，成了墨色的云团。墨色的云团翻滚着，很快向焕金剜苦苣的山岇上空遮盖了过来。

焕金拾掇着将刚剜下来的一点苦苣装进袖管里时，突然天空中一道闪电，那样子像一条横行在天宇里的火蛇，扭动了一下身子又神秘地隐去了。接着一声炸裂的雷声从天上砸了下来。焕金被吓呆了，她缩着头，眼睛瞅了一下天上黑黑的云。她将装着苦苣的衫子搭在脖子上，沿着山坡往下跑。

焕金好怕啊！她心里想：老人常说，雷神爷会掐人的头的。她两只手抱着头，拼命地跑着。又是电光闪过，一阵雷声震得山崖都要垮塌了，地都要裂开了。紧接着天空中一阵大雨，哗啦啦地泼了下来。脚下的草皮和着泥浆，焕金被滑倒了，顺着山坡向下滑去。

她试着想站起身子，可站不起来。

焕金被滑在了一个岩崖下，山上的洪水下来了，从岩崖边上泻下来，她的身上被水浸透了，她躲在岩崖的缝隙里。

这暴雨来得猛，去得也快。

一会儿雨停了，家里人急得满山遍野里找她。村子里的人也帮着找，喊她的名字。

焕金听见了家人呼叫的声音，她也在拼命地答应。但她被那突如其来的雷电和瓢泼的大雨吓哑了，她的声音颤颤的，沙哑得谁都听不清。

她被人们找到时天色已晚了。焕金躲在岩崖下的水泄缝隙里，瑟瑟地发抖，脸色蜡黄。

荷月将自己的衣服赶紧披在了焕金的身上，是哥哥背着她回来的。

焕金回到家里就病倒了，发着高烧。已经几天了，请来的医生看过了，吃了药，这高烧还是退不了。焕金不吃不喝，昏昏迷迷的，一家人都很着急。晚上荷月姐姐守护着她。荷月已经不眨一眼地熬过几夜了，荷月实在是困了，她伏在床头上睡着了。

那天夜里，焕金迷迷糊糊的，她像是走出了家门，去了一个陌生的大院里，她一个人在院子里走来走去，转了几圈。这院子好大好大，院子的墙也好高好高。她看见那高高的墙头上插了许多三角形的黄色牙旗，牙旗在风中飘动，牙旗上有飞龙的图形，也有走兽的图形。牙旗上的飘带在风中飞舞着，像蛾子长长的触角。

她的头发拢起着，不知怎么她的头上戴了一顶串珠的帽子，帽子上也有两个长长的触角，像蛾子的一样，是大蛾子的角。

这帽子她在哪儿像见过。噢！想起来了，她看过县城里的剧团到各乡里来演过的戏，有一台古戏中的女将军就戴着这样的帽子。可我怎么就戴着它呢？

她看了看自己的身上，竟然穿着一身红色的掩蟒，和那将军的也是一样的。

一会儿，大院子的门开了，进来了两个身穿武蟒的军汉，一个军汉持一柄长剑，另一个手里牵着一匹红鬃烈马。那军汉将红鬃烈马牵到她的身边，她看见红鬃烈马是金辔头银雕鞍。

军汉说："将军请上马！"

她一跃就上了马背。拿长剑的军汉给她举过来长剑，她一手挽着马的缰绳，一手接了长剑，红鬃烈马昂首奋蹄出了院子的大门。

她回头看了一下，那不是一个大院，是一座巍峨的城堡。城头上旌旗飘动，甚是森严。她掉转马头，款款行去。前边是练兵的校场，一列兵丁在校场上排成了一个方阵。方阵前方一面锦缎的帅旗，帅旗在高高的旗杆上展开，帅旗中间圆形的云图中一个斗大的焕字。她骑马过去，立马帅旗下。她向军队发号将令，军队都听着她说话。军队是她的军队，她的军队就得听她的号令。

她高声地喊着："敌人已经过了西平堡，要保土安民，就要冲锋陷阵，赴汤蹈火，在所不辞。"

　　她和将士们一起冲到关川河畔，汝遮川前。这里是华夏西疆最大的古战场。战场前沟壑纵横，战场两边关山岿然。

　　与敌人相迎了，她身先士卒，持剑冲锋，左搠右刺。敌兵倒的倒，伤的伤。敌人溃退了，敌人退进了西平堡。

　　敌人守在西平堡，与她的军队对峙着。

　　对峙好几天了，她的军队没有粮草了。

　　朝廷派来了一个监军官员。

　　焕金在迷迷糊糊中，面对那个监军官员大喊着："我的军队没有粮草了，这叫我怎么打仗？你回去，快快地将粮草送来！"

　　荷月睡得昏昏沉沉的，被焕金的喊声惊醒了。她摸了摸焕金的头，还是那样烧。

　　荷月听得真真切切，是焕金大喊着给她的军队要粮草。荷月把这话说给了爸爸。

　　宗信很是惊奇，他说："这孩子是不是中了邪？"他又想了一下，弄来了一碗清水，抓了几根筷子，将一根筷子横担在水碗上，将其余的筷子分开来插在那根筷子的两边，上边并拢了，稳稳地立着，真像是一个人骑着马一样。

　　宗信抓了一把麦麸，抓了半把豆子撒在水碗里，他又拿了纸钱和香表，点燃了香表，烧了纸钱。宗信口里念叨着："你是何方的战将？给你的粮草、军需都送到了，你就叫焕金好起来啊！"

　　宗信迎着大门将碗中的水泼了出去，然后将碗扣在了大门边上。

　　这一夜，焕金的病轻了许多。过了两天就全好了。

第五章　金马驹

安定地方上的好几处传说中有金马驹的故事。故事的情节不一样，但都很精彩。我想，安定这地方上，或许就有过好几匹金子的马驹。

焕金七岁那年，宗信想叫他的一个孩子去县城里的学校上学。

有一天，宗信按着孩子的人头数，写成了几个纸阄。

宗信把全家人召集在屋子里，叫妻子玉莲拿过来一个瓦罐。瓦罐的口只能伸进去一只手，宗信将纸阄一个一个捄好了放进瓦罐里。

宗信说："今年庄稼好一些，我想叫一个孩子去县城里上学。咱们家孩子多，都去，家景是不允许的。我这里按你们的人数写了几个纸阄。每个纸阄上有字，可只有一个纸阄上写的是去县城里上学，其余的纸阄是上村学。谁抓到去县城里的，大家可不能争。"

孩子们都说："行！"

开始抓阄了，大孩子伸过手来，宗信给挡了。

宗信说："你们从小要懂得礼让的道理，大孩子要让小孩子，男孩子要让女孩子，这是做人的准则。"

孩子们说："我们懂得了。"

宗信看看大家，大儿子说："这样说来，就只有让焕金先抓了！"

大家说："是啊！"

宗信说："好，好！那就叫焕金先抓。"

焕金将手伸进瓦罐里，抓出一个纸阄来，交给妈妈。

玉莲打开纸阄，大家看是上边写着：去县城里上学。

其他的几个孩子还要抓，宗信又挡了。

宗信说："还抓什么？抓也是白抓！就一个上县城的阄，焕金抓出来了，其余的纸阄肯定是上村学的，谁还不服气吗？"

大家说："服！"

宗信顺手抓出瓦罐里的那些纸团，揉了揉，扔进了火炉里。

焕金去县城里上学的事，就这样定下来了。全家人谁都没有意见，很高兴的。

家里就给焕金准备新衣服、新书包。听说县城里的学生除了用铅笔，还要有一支自来水钢笔，宗信就去县城里给焕金买回来一支钢笔。大家都争着看，好神奇的。装进墨水，能写好多好多的字，一笔管墨水能用上好几天哩！那墨水也是很贵的，连透亮的瓶子都那么好看。

荷月对焕金说："你的手气怎么那么好？我真服气你了，也为你去县城里上学高兴！"

焕金说："我也不知道是怎么回事，当时我心里也发颤，手抖抖地抓了出来，妈妈打开那纸团，大家说我抓准了，我很是激动。"

荷月说："我那时也很激动，为你高兴。"

焕金拉着荷月姐姐的手，流泪了。

其实是宗信偏爱小女儿焕金，那天放进瓦罐里的几个纸团里，都写着去县城里上学。他早就想好了，要讲给大家礼让的道理，叫大家心服口服地送焕金去县城里上学。

家里像打发女儿出嫁一样，送焕金去县城里上学了。

焕金上学是宗信亲自送去的。那学校好大好大，一排排青砖红瓦的教室，窗明几净，学校的老师衣着也很时兴，男的中山服，女的卓娅装。

焕金上了县城里的学校，宗信就起早摸黑地接送。

班主任是一个姓王的老先生，课讲得很好，故事也讲得很好，生动有趣。

王老师说："同学们功课都学好了，我就每个月给大家讲一个故事。"

这样，全班的学生就拼命地学功课，只等着月考都拿上好成绩，听王老师讲故事。

那一天，王老师讲了金马驹的故事。

故事说的是景家店的事，焕金听着备感亲切。

安定县景家店隔河对面南安山的后山有一个老林子，老林子里有一匹金子的马驹。金马驹白天藏在后山上最深最深的林子里，在月夜的晚上，它就走出林子，在山卯上跑一回。

金马驹跑过的地上，会生长出许多许多的山花来。红里透白的丹满花，白玉杯一样的打碗花，更多的是金光灿烂的金簪花。人们说，那一千朵金簪花中有一朵是纯金子的花，好心的人才有好运碰到它。

大宋朝的戍边将军李宪镇守安定的时候，有一次北蕃的兵侵扰边关，李宪将军领兵去迎战。经过激烈的角逐，北番兵大败后向荒漠里逃散。李宪将军跃马追剿。将军单骑孤胆，遥遥领先。突然间一支流箭射中了将军的马，马栽倒了，将军被摔了下来。仓促逃跑的敌军看到这种情况，就掉转马头又掩杀了过来，眼看着将军不得脱身。

在这千钧一发之际，突然一道金光闪处，一匹金黄色的骏马一跃到了将军跟前，李宪将军飞身跨上马时，已被敌军团团围住。敌军兵将个个张弓搭箭，那箭飞蝗一般射了过来。将军抢起金枪左掩右挡，还是抵挡不住。这时，金黄色骏马一声长鸣，金鬃竖起，一身金光，万簇强弩飞出，那金光旋风似的将围上来的敌兵将士个个扫落在地。金黄色骏马驮着将军，径直奔向大宋军营中来。

众将官赶紧迎了过来。

将军下得马来，口里说："我今天真是碰到神……"

将军话里，那神马两字还没有说全，眼前一亮，金黄色骏马已经无影无踪了。

将军看着迎上来的众将官，大家都愣住了。

随后将军重复了前边的话，可说成了：我今天真是遇到神仙了！

这金色骏马的来历，可有一段传奇的故事。故事还要从将军的家事说起，李宪将军的女儿名叫金凤，金凤原是天庭御苑里的一只凤凰。金凤天真烂漫，在姐妹中是最富幻想的女子。

金凤在天庭里东飞飞西飞飞，她看到玉帝的凌霄殿巍峨庄严，龙脊九现，千梁万榫，云斗托起万字飞檐。五色祥云拥抱中，玉阶龙柱金碧辉煌。再看，各处神殿也都错落有致。那边，丹巘朱光万丈，碧潭绿波荡漾。紫气东来，西霞飞升。各处祥云朵朵，瑞意融融。神仙过处云车辚辚，仙子出巡衣带飘飘。

前边又是一处苑囿，处处玉树，朵朵金花。王母蟠桃九千年方开花，一万年一结果。那厢，五彩云朵围绕中老君炼丹炉九转八面，纯金铸造。炉上雕出飞禽走兽，流云团花。

天河环绕，波光粼粼。斗转星移皆出其里，星宿灿烂皆在其中。斗有三百六十斗，斗斗各异，造像有麒麟、白象、天马、神羊、飞龙、智虎、牵牛、织女等。星宿七百二十座，阿弥、达摩、雷祖、文昌、天王、老君、太白、元君等。

天上神仙九千九百九十九，天官千计，罗汉八百。

金凤每天在天庭里玩，她一会儿乘风，一会儿驾云。她去了天庭里的好多去处，仙山奇峰，天河龙渊，与朱雀同飞，与姐妹共舞。春来与花共眠，月下与嫦娥同饮。她见惯了天庭里的一切，她的心就要思凡了。

那一天，金凤刚步入一片云端，听见马的萧萧之声。一会儿眼前翻滚的云涛中一群天马踏云行空。原来是孙猴子去崂山拜师学了一些本领，后来去龙宫得了定海神针金箍棒，继而玩金箍棒冲撞天宫，犯了天条，被太白金星说服当了天庭马监的弼马温。这天他踏露牧马，那些天马脱缰出栏就疯似的跑。孙猴子也疯了，坐在一匹天马的背上，疯疯地跑。

金凤看见了就拦住马头，喊着："猴哥哥，我也想骑一匹你的天马玩一玩。"孙猴子看是金凤妹妹拦他的马头，他就停了马下来。

孙猴子说："金凤妹妹，这天马可不是好玩的，还是不玩得好。"金凤努着嘴说"不么，猴哥哥你放心啊！你能玩，我一定也能玩的。"

孙猴子在天庭里见过几回金凤，金凤好可爱，他俩很投缘的，他就认金凤做了他的妹妹。今天金凤要骑马，孙猴子没有办法，就应了她，给了她一匹金黄色的马驹子。这马驹金蹄金鬃，金凤可喜欢啦。金凤骑上了金马驹，金马驹也兴奋得屁颠

屁颠地乱跑。她骑马跑了一阵，那马径直向南天门闯去，守门的天兵天将哪里拦得住。

金凤乘着金马驹冲出了南天门，只听见耳边呼呼的风声，一会儿就到了华夏国广袤大地的陇中地界安定地方。她看到这里的人间男耕女织，一派欣欣向荣的景象，这也应了金凤的思凡之心，她甚是高兴，她投胎做了华夏国在安定边关守边将军李宪的女儿。金马驹也就遗落在了安定景家店隔河岸边，南安山的林子里。

那天，李宪将军与敌作战在危难之际，那匹金马驹灵感所动，出了南安山的深林，直奔黄尘腾飞的战场，救下了李宪将军。

金凤在李宪将军的身边长大，父女在戍边征战中相依为命，建功立业，度过了天伦之乐的一十八年。

那年金凤为修建安定凤城门楼，去天庭求取金柱子，不得不重回天庭，金马驹也就随她去了天庭。

金凤一直思念父亲，于是在每每月圆的夜里，她就乘坐金马驹下凡来，步入李宪将军的梦境，父女重温戍边征战的甘苦，父爱子孝的天伦。

故事奇美，就在地方上传开，一传就是一千多年，家喻户晓，人人皆知。

焕金那天放学回家，晚饭时将故事原原本本地讲给了家人。

焕金讲得精彩传神，妙趣横生。

宗信听后说："我女儿讲得很好，有情有感，甚是动人。"

宗信心想，我选送她去县城里上学，是选对了。

第六章 角儿在心中

历史翻过去的一页就留在了人们记忆中，人们说记忆犹新。记忆犹新是很感人的，那些感人的事就重新组合成了一段历史，提示你把握好今天。

景家店业余剧团在地方上很有名气。这个业余剧团演《白毛女》《血泪仇》《穷人恨》演出了名。十乡八里的人赶集、逢节、逛庙会，就到景家店来看这个剧团的演出。人们看着节目就都想着，这戏里的故事就像我们村子里曾经发生过的。这戏里的角儿，怎么这个像我，那个像你，另一个又像他呢？

业余剧团的团长名叫定熙。定熙是一个很精干的中年男子，四方脸，浓眉下一双炯炯有神的眸子。他考虑问题的时候，唇角现出两道石刻般的线条来，像是紧咬着牙关，眼光扫视的瞬间，很快就能从潜意识中寻找出答案来。

那一天，剧团开会。定熙说："《白毛女》《血泪仇》《穷人恨》是咱们剧团的压轴戏，演出这么些日子来，在社会上影响很大，群众中一片赞扬声，乡党委、政府也给予我们肯定和表彰。"

大家听了很高兴。

定熙又说："这几台大戏已经演了好多场，有的人也都看过好几遍了，现在到再排一出大戏的时候了。"

大家都说："是啊！"

定熙接着说："我想，《三世仇》是一个苦大仇深的家庭史，也是旧社会那个时代穷人家普遍的遭遇。这个戏的内容曲折复杂，情节生动感人，有典型性。今天看这台戏，很有教育意义。不忘过去，才能珍惜现在的幸福生活。"

定熙的一排子话讲得含义很深刻，道理很明白，大家听着很专心，心中很是满意。定熙这样讲话时，他的心里已经考虑成熟了。看着眼前的众多演员，谁个演什

么角儿，他的心中都已有了眉目，他的脑海里，已经是一台开场了的大戏。

定熙说着话时，看了一眼焕金。

焕金听定熙团长讲话，提到《三世仇》时，她的心里很激动，因为《三世仇》这个戏本子她看过。看戏本子，其实就是唱戏本子。本子里角儿的道白、唱词、唱腔，都写得清清楚楚。看着本子，角儿的装束、打扮就在你的眼前。角儿步入舞台时，在台子上的各种摆扎、动作，是要演员按着本子中角儿的思路，在心中动作，在心中走，走好了，演员就投入了，角儿就演活了。

焕金演《白毛女》中的喜儿，过年时贴窗花的天真活泼、父亲杨白劳死去时的伤痛欲绝；惨遭黄世仁毒手的愤然怒火；出逃在山洞里的非人生活；后来与大春相见的大喜大悲，无不表演得栩栩如生，感天动地，感动着每一个观众。

焕金读戏本子就是这样。《三世仇》中的角儿小兰，焕金看戏本子时已经到了她的心里。

定熙提到《三世仇》时，没有看过那本子的人心中自然是一个空白。可看过那本子的，就有了各自心里的一台戏。绝大多数的人想法与定熙团长是合拍的。

定熙用眼扫视了一下会场说："我看这戏中的小兰——"

大多数人异口同声地喊："焕金！"

定熙笑着说："这，大家想到一块儿了。"

定熙对着焕金说："焕金姑娘，你看怎么样？"

焕金的心里很激动的，可口里怯怯地说："我，我怕演不好了——"

她话还没有说完，会场里像开锅了：

"焕金准行！"

"演《白毛女》中的喜儿，都演得那么好。"

"可不是么。"

"这角儿就属焕金。"

"我同意焕金！"

"我们都赞成！"

"还能有谁？"

……

定熙说："那就定了。"

大家说："好!"

接着又定了几个角儿。焕金的表兄演戏中小兰的哥哥虎儿,李嫂演虎儿娘。虎儿的爷爷贫农王老五、伪联保主任、活剥皮王龙翔,活剥皮婆娘三奶奶,也都拟定了相应的演员。

油印剧本的事,就交给了焕金。

焕金约了李嫂和表兄,还有锦云、谷风,组织了几个人,一起去干这项工作。他们弄这弄那的,都很卖力气。焕金刻钢板就练出了一笔工整俊秀的字来。他们白天还要下地劳动,每天晚上就在灯下干上半夜。有时候弄一手油墨,抹一脸,个个馋猫似的。

剧本发下去了,主要角儿一人一本。演员熟悉剧本是很重要的事。你只有熟悉了自己的角儿,也熟悉了别人的角儿,才能在演出中相互配合默契。别人唱时,你要听着,要有表情上的配合。别人动作时,你更要配合,他人拭泪你抹眼,他人跌倒你相扶。姿态要有讲究,动作一定要协调。

舞台上的一动一变,都是一幅展示给观众的生动画面,容不得半点的马虎,不能有星点的疏漏。脚步要迎鼓点,唱腔要配合弦乐,也容不得点滴差错、丝缕错落。

定熙是团长,是导演,剧务他要管,排练他也要管。

定熙在一台戏的排练、彩排、演出中,要求是很严格的。

定熙说:"台上一分钟,台下十年功。咱们虽然不是专业剧团,在观众的眼里可是有一杆秤的,咱们达不到八两,总不能离半斤差得太多吧。只要工夫下上,铁杵定能磨成绣花针的。"

焕金和姐妹们每天天不亮就起来了。山坡上上下下地跑上几趟,地埂上压压腿,山巅上亮亮嗓子。

焕金说:"这旷野就是我们的舞台。"

锦云说:"地里的花花草草是我们的观众。"

谷风说："是啊！两位姐姐说得是，这山雀的鸣叫，不就是我们演唱时相配着的器乐声吗？"

就是，大地、花草、飞鸟，都是天底下最有灵性的。有它们每天里陪着几个姑娘，这练功时自然就有了不少的欢乐，陶冶着纯美的情趣，培养着广阔的胸怀。

经过了一个多月的排练，《三世仇》终于挂牌上演了。

小小舞台，朗朗乾坤。地主的地牢，铁练悬空，狱灯鬼火似在冥冥中滚动。铁栏将人间与地狱隔开。小兰的爷爷王老五，欠了伪联保主任、地主活剥皮王龙翔的租子，被狗腿子用密密扎扎的麻绳捆绑在地牢中的木桩上。

打手们张牙舞爪，用皮鞭拷打小兰的爷爷。活剥皮王龙翔身穿长袍短褂、戴瓜皮小帽、架一副墨石眼镜。一手扇着折扇，一手端着三炮台的香茶，坐在太师椅上，狰狞地笑着。

器乐声呜咽，诉说着：

> 天上人间两重天，
> 王二爷坐在华堂上，
> 佃户惨死在牢中。
> ……

冰天雪地里，北风呼啸。一棵小树的枝丫在风中晃动。

小兰的父亲被王龙翔抓去杀害了。一份血迹斑斑的卖身契，逼迫小兰去地主家。小兰娘唱道：

> 纸上有血又有泪，
> 血泪交织好伤悲。
> ……

小兰娘衣衫褴褛，挣扎在冰雪中，爬起来，倒下去，再也没有起来。

小兰和虎儿哥在娘的身边哭喊着。

台下的观众也都落泪了。

小兰被王龙翔的爪牙抓去了，小兰在搏斗，在挣扎。小兰被狗财主扣下了，三代的债要小兰还。

那不是三代的债，那是三世的仇。

小兰她——

呼天天不应，喊地地不灵。
王龙翔是吃人的魔鬼，
三奶奶的心肠，
比蛇蝎还要毒三分。

爷爷死在地牢里，
妈妈啊！
被逼死在雪地里。
小兰的心里如刀绞，
小兰的心里三世仇。

……

小兰的每一句台词是点点泪，每一段唱腔是滴滴血。

《三世仇》是所有穷苦人家的仇。

不忘过去，就珍惜今日。

第七章 人生小舞台

过了两年，焕金去了公社的宣传队。同去的还有焕金的两个朋友，一个是锦云，一个是谷风。

锦云姓景，是一个读书先生用谐音给她取的名字。锦云平日里喜欢穿红颜色的衣服，那颜色亮得确实像是早晨晴空里的一片云。锦云瓜子脸，长得挺白净，双眼皮、大眼睛。

锦云演出时扎一个长长的假辫子，穿一件素色的花衣服，胳膊上挽一个篮子。上了舞台配着单皮鼓的鼓点声，迈出轻快的戏中女步走向台口。斜过身子时，一声手锣声落地，她抬头扭一下肩膀，从背上甩过来辫子，左手抓着，右手将发梢又折了起来，拇指与无名指掐着发梢，食指和中指顺着向上。她昂起头，在台上的灯光下和台下观众的目光中定格亮相。刘海齐眉，双目盈盈，配上一对可爱的笑靥，绝似电影《柳堡的故事》中的二妹子。

顿时，一阵热烈的掌声。人群中几个馋眼的小伙，就情不自禁地喊着："二妹子，二妹子啊！看二妹子出场啦！"场地上又一阵热烈的掌声，那掌声一半是给锦云的，一半是冲着那群小伙喊声中的二妹子。

说锦云像二妹子，她确实像二妹子，说她是梁秋燕，她就是梁秋燕。《红灯记》中的铁梅是她，南京路上的春妮也是她。锦云专演那朴素得似一朵白云，单纯得像一杯水的角儿。

焕金的另一个朋友是谷风。谷风皮肤匀净，双眼脉脉。嘴巴稍大一点，但曲线极美。头发又黑又亮，像燕子的羽毛一样有莹莹的光。剧目中她喜欢扮演年轻的男角，她天生具备帅哥、美男子的风度。

谷风就是谷风。在舞台上她往往与锦云搭档，或是夫妻，或是缠缠绵绵、生生死死、令人伤痛不已的情人。她演得投入时，似乎连自己也忘了还是个女儿身，真是让好多女子羡慕、好多后生嫉妒。

焕金是三个朋友中的头儿，圆脸庞，脸色红润，新月眉，一对水汪汪的大眼睛。她喜欢晨练，她的身影往往被朝霞镀成金色。受她的影响，锦云和谷风也常常跟着她在晨风里务功。

太阳还没有升起来的时候，那深色的古原就是一个舞台。晨曦中，飞来彩霞的天是舞台上流苏的垂幕。三个人的身姿，静有霞光中剪影的美，动有晨曲的音韵在流动。

焕金矫捷，锦云飘逸，谷风潇洒。她们务功在晨雾中，飘飘渺渺，若在幻境中。

太阳升起了，似一个特大的明镜，三个人在那镜子里，镜子慢慢地悬上了天宇。

焕金、锦云、谷风的床头，各有一幅这景色的定格照，是宣传队专管灯光、火焰的小吴给拍的。

焕金喜欢扮演打猪草、夫妻观灯中的坤角，也喜欢演槐荫树下七仙女中的七妹、断桥中的白娘子。焕金演七妹、白娘子时，董永、许仙的角儿当然就是谷风了。

三个人舞台下精研苦练，舞台上配合默契。

宣传队有时候要配合时势、就地取材、组排一些剧目时，焕金既是编剧，又是了导演。白天黑夜地赶任务，台下张罗，台上演出，她是够忙的。

宣传队还有一些演员和剧务人员。

李嫂二十六岁，有了两个孩子，温厚的、端庄的、健美的脸孔，有一双杏子样柔顺的眼睛。满春与李嫂年龄相当，两道弯弯的眉毛，眸子和蔼。她俩演中年妇女，满春有时也演老年角儿。邢嫂不演角儿，她热心在宣传队打杂儿。还有几个演配角的男子。宣传队有一个六七个弦索、打击乐爱好者组成的乐队班子，乐器都是他们私人的。

文韬是公社党委的宣传干事，兼职宣传队的队长。宣传队是业余的群众组合，

文韬是唯一的国家干部。文韬，时常穿一身褪了色的军服，标榜出他复员军人的身份。他骑着一辆连链瓦都没有了的旧自行车，车把上挂一个人造革的公文包。逢节逢会，宣传队演出时，一切剧务杂事都是他的，宣传队的经费也是他管的，一部分是群众集捐的，一部分是上级拨给的。

他是一个百虑百忙的实实在在的老实疙瘩。

秋天庄稼收完了，农闲了。县上搞调演，通知各宣传队选送最好的节目参加演出。

调演还另有要求，必须是自编自演的节目。要有忆苦思甜的内容，要有革命斗争的场面，要有新社会的新气象。

那一天文韬召集宣传队的全体人员，传达了县上的通知精神。

文韬说："这次调演，要求自编自演，这自演当然是要自己演的，有咱们这些演员我放心。这自编么——"

文韬看了看大家，大家都瞅着焕金。文韬就把目光移到了焕金的身上，微笑着说："这自编的任务就交给焕金。"

李嫂第一个发言："我赞成，这事离了焕金，还能有谁？"

满春说："这事肯定要靠焕金了。"

锦云说："是啊！"

邢嫂说："焕金编出的本子肯定是好的啊！"

谷风说："可不是嘛？"

接着是小伙发了言。一个说："到县上打擂台，就靠焕金了。"

另一个说："我们在景家店业余剧团那会儿，焕金可能干啦！她编好、刻好了，我们帮她印本子。"

又一个说："好啊！印本子时，算我一个。"

焕金推不是，答应也不是。这任务实在是太难了，太艰巨了。她心里估量着，自己是拿不下来的。焕金要表明自己的想法，可插不上嘴。

好容易大家稍停了一下。

焕金说："这事恐怕不行，我没有丝毫准备，没有一点头绪。到县上去演，弄不好会丢大家的人。"

锦云说："我看你行，准行！"谷风说："我支持你。"邢嫂说："大家都瞅着你。"

文韬说："是啊！大家就看你了。任务是艰巨的，是硬任务，还是政治任务。我看也只有焕金你了，你就接受了吧！还一定要搞好。"

焕金看来是推不脱了，有朋友的支持，有大伙儿的期望，就答应了，并要求锦云和谷风一定帮着她。锦云和谷风都乐乐地答应了。

焕金又回过头来对发了言的小伙说："别忘了帮着印本子，这可是你俩自己说的。"

一个说："好嘞！"一个说："哥们吐唾沫，板上钉钉子。"

全宣传队的人鼓着掌，雷鸣一样，表示对焕金的支持。

大家心里都明白，这政治任务就是打政治仗，这政治仗是硬仗。

焕金他们宣传队的调演剧目是七幕舞剧《大榆树下》。

报幕过后，台幕徐徐拉起。

舞台的底幕上，幻灯片打上去一棵大榆树，大榆树枝叶稀疏，焦黄色的叶子，是秋天的景象。天空向后拉开，是满天的乌云。大榆树下，演员们在各自的位置上，都摆出剧中人的造型。

焕金站在台口，是农村姑娘的打扮，橘色格子的贴体上衣，深棕色的裤子，两条辫子甩在身后，脸面严肃，目光愠怒。左手上，十六开本的棕皮讲义夹，在焕金胸前展开来。舞台角上的字幕慢慢拉出：1947年。焕金右手在眼前比画着，她高声朗诵：

在那个年代，
我们没有土地，
我们只有汗。

汗水洒下来啊！
变成珍珠。

在那个年代，
我们没有土地，
我们只有泪。
泪水滴下来啊！
也变成了珍珠。

珍珠一粒粒，
汗那么涩啊！
泪那么苦。

土地千万亩，
我们有几分？
粮食百万担，
我们有几粒？

珍珠般的粮食，
进了地主的仓廪。

我们流汗，
我们流泪。

汗那么涩啊！
泪那么苦。
……

焕金朗诵着，那手愈举愈高，声音愈来愈大愈深沉。是愤怒的声讨，是血泪的控诉。

焕金流泪了，那泪滴下来，泪珠成了珍珠。

舞台上，那个地主笑着，笑得那么可怕，那个打手举着鞭子，那么恐怖。

一队扛着粮包的汉子，粮包压弯了腰。他们挣扎着，倒下去，爬起来，爬起来又倒了下去，在皮鞭的挥动下，涌动着。

配着凄楚的乐曲，那乐曲也在流泪，一个个音符在泪珠里滚。

……

台幕慢慢落下。

第二幕，底幕上还是那棵大榆树，树叶脱去了，雪压树枝，地上白茫茫一片。大榆树下是在雪地里挣扎的人群，有的在剥树皮，有的去逃荒，背井离乡，携儿带女。

字幕上拉出：同年的严冬。

锦云身穿白色的衣裙，朗诵着手中的诗稿，声音是那么清凄，乐音在呼啸的北风里呜咽。

……

第五幕，底幕上的大榆树在春风里枝叶青翠，天空里祥云瑞霭。一队解放军战士追赶着敌人，激烈地战斗。

敌人死的死，伤的伤，投降的投降。

胜利了，红旗招展处，乡亲们慰问自己的军队。

字幕上打出：1949年。

谷风身穿军服，军帽红五星，军装红领章。谷风声音洪亮地朗诵手中的诗稿，慷慨声响彻云霄。配乐是铿锵有力的解放军战歌。

……

　　第七幕，焕金、锦云、谷风同台朗诵，枝叶婆娑繁茂的大榆树下，是人民公社社员与天斗、与地斗，治山治水、改造自然的庆功会。乐声欢快喜悦，迎着乐声的是一张张欢笑的脸。

　　前进在祖国的大地上，

　　生活在希望的田野上。

　　落幕时，全场掌声雷动。

　　宣传队的节目入选了，焕金、锦云、谷风三个人被选入了县上的宣传队。

　　节目被省上看中了，列入了西北五省的调演。

　　焕金、锦云、谷风被一辆绿色的北京吉普接去了。

　　乡亲们说：山屲里飞出了金凤凰。

　　在吉普车里，焕金说："这人生就像是个小舞台。"

　　锦云、谷风都说："是啊！焕金说得也真是，人生小舞台。"

第八章　奇案迷离

金元大学外语系英语专业毕业，他毕业时正赶上中国农村的四清运动，金元被派到社教运动办。

金元要到农村去，他一直梦想着到农村里去看看。金元从小学、中学，一直到大学，都住在城市里。农村在很多名人的文章中是天底下尽善尽美的乐园，广阔的原野、绿树环合的村庄、叮咚作响的溪流、宁静的夜。

金元要去农村了，他可高兴啦！

金元被派去的生产队，只去了金元一个人。这一个人么，组长组员就都是他，大家都称呼他金元组长。金元来到这个生产队，与先前在这里工作的郝组长交接手续。社教工作组交接，也没有个啥手续，郝组长就只是给金元安顿了几句话。

郝组长说："这个队上的情况我都理清楚了，你今后就按我铺开的路子去干，工作就顺茬着哩。"

金元说："那就好！"

郝组长说："队上有个学习班，学习班里我给弄进去了两个人，这是我抓阶级斗争的成果。你接了我的班，就要保护这个成果！"

金元说："噢！"

郝组长接着说："刚进学习班的那个人，问题比较严重。"

郝组长说话中的比较严重几个字，音调是放低了，可语气是加重了，弄得好神秘。说的是比较，其实是在提醒金元，是很严重。

金元想，是什么问题？郝组长搞得这么神神秘秘的。

金元就问："是啥问题？"

郝组长说："新进去的那个人私藏枪支，蓄意杀人，是现场抓获的，我叫民兵

管押着。我正准备要写个报告上去，要求县上的公安出面带去算了。正好你来接我的班，这事就全权托付给你了。我这里写了个报告草稿，你看看，就以你的名义报上去。"

郝组长接着说："你这小子运气——"

金元觉得这个郝组长，说话怎么这样损？

郝组长自觉说话失态，赶紧改了口说："金元组长，你运气好，你一上任就有现成的功劳。"

郝组长从口袋里掏出报告的手稿交给金元。金元看了看，还给了郝组长："这个好办，怎么写，我知道。"

郝组长离开了这个生产队。金元组长来了，谁也不去亲近他。

金元要跟那个私藏枪支的人谈话。

一个民兵押着那人来到生产队的队部。队部里还有生产队的杨队长，兼任会计的丁文书。那人走进了生产队的队部，一个民兵背着枪站在门口。

杨队长给金元说："金元组长，这就是那个私藏枪支的马云。"

杨队长给金元指了一下马云，又看看马云说："这位是新来的社教工作组的金元组长。金元组长要找你谈话，你可要老实交代，不能有任何隐瞒！"

金元看那马云，中等个头，浓眉大眼，身体壮实。穿一身洗得谢去了新绿色的解放军战士服，头上军帽，脚上军鞋。

金元说："你就是马云？"

马云没有回答，杨队长又加了一句："他就是咱们村的民兵队长，他前天犯了事。"

金元一愣，随后说："噢，你是民兵队长！你可是复员军人？"

马云心里想，工作组的要栽我，我有啥话说？姓郝的心狠手辣，给我使了绊子。这新来的又是个娃娃，我能说清楚吗？复员军人又能怎么样？又不是护身符。

马云淡淡地说："就是。"

见马云不说话了，杨队长说："大前天马云还是民兵队长，不知为什么，郝组长拟了个文，内容是将马云的民兵队长撤了，并叫他离开民兵队伍。给我看后盖了队上的公章，交丁文书存了档。"

金元说："这是大前天的事，前天马云怎么就犯事了？"

杨队长说："前天一大早，郝组长来找我。他说，这马云的民兵队长撤了，他离开了民兵队伍，可怎么枪没有交？一旦有问题就麻烦了。叫我集合民兵，去看一看。我想，马云他不会有什么问题，我就犹豫着。可郝组长一定要叫去，我们就带着民兵去了。我们悄悄地到了马云的门口——"

杨队长换了口气，接着说："刚到门口，听见屋子里马云嘎啦一声推上了枪栓。大家心中发毛，一个民兵一把推开门时，那枪正对着我们。郝组长和我都大声喊：'马云，你要干啥？把枪放下！'"

杨队长接着说："马云收了枪，郝组长一把夺过枪来，那枪膛里压满了子弹。"

金元问："马云，是这样吗？"

马云说："是这样，可我是刚擦好了枪，推上子弹对着门瞄了瞄，准备去队上交了那枪。"

杨队长说："当时在现场上我就问了马云，马云也是这么说的。可郝组长说，这话鬼才信呢！"

金元说："枪是郝组长夺下来的吗？"

杨队长说："是郝组长夺下的，郝组长说，枪是对着他的。可马云说他是对着门边的。当时那么紧张，谁也说不清。"

金元问马云："当时你听见外边有人吗？"

马云说："没有听见，我刚举起枪，门就被推开了。当时郝组长伸过手来抓枪，我就把枪给了他。"

金元问杨队长："这队上有几个复员军人？"

杨队长说："就我和马云两人。"

金元想了一下说："杨队长，你俩都是复员军人，都是玩过枪、玩过命的人，我设想，咱们可以换位思考这个问题。如果当时你是马云，又是要蓄意杀人，那你手中的枪能被别人轻易夺下来吗？"

杨队长被金元问得愣住了，一时回答不上来。

　　杨队长怎么回答呢？他一个复员军人，如果他要闹事，叫郝组长那么个文弱得阴阴柔柔的人把枪从手里夺走，他不丢人吗？

　　杨队长说："一定不会的！除非——"

　　金元说："除非什么？"

　　杨队长说："除非我就不是存心闹事。"

　　金元说："这就对了。"

　　金元想，这事真的有些小儿科。小儿科背后恐怕是有戏的。就这样在一半天之内慌慌忙忙弄的事，还不捉襟见肘的？

　　金元说："我看，马云他不是私藏枪支。他是民兵队长，他天天明晃晃地背着枪，这就不存在什么藏了，是吗？"

　　杨队长和丁文书都说："就是，就是！"

　　金元说："这蓄意杀人的事——怎么？"

　　杨队长说："如果马云要蓄意杀人的话，恐怕当时在场的我们几个都就没命了。"

　　金元又回过头去向着门口那个民兵说："你弄过几天枪？"

　　那民兵说："才跟马队长学瞄准。"

　　金元说："你能关押住你们这个马队长？"

　　那民兵笑了笑，低着头。

　　马云看着金元，不知道这个工作组组长到底要将他怎么处理。

　　金元看了一下马云，又看了看杨队长说："杨队长，我看将马云不要关押了，放了他，他跑不了。他如果跑了，这藏枪杀人不就成铁案了？"

　　金元又回头对马云说："是不是，马云你自己说呢？"

　　谁都没有想到金元会这么问人，问的还是马云。马云被问得很是突然，但马云觉得这个金元组长是问到了他的心里。

　　马云说："就是。"马云回答着，他觉得工作组这个金元组长办事公道，我马云就根本没有什么罪。不，是没有什么错。

　　杨队长心里明白，工作组到这儿来，都是拿着尚方宝剑的。郝组长说抓，就抓。金元组长说放，就放好了。

杨队长说："金元组长说得是，放就放。"

杨队长又说："马云你就回吧！"

接着对那民兵说："就撤了马云家门口的岗。"

那民兵心想，这事真的叫那个金元组长言中了。还管人家？他真要有事，还不先弄死我？

丁文书从办公桌的抽屉里翻出郝组长对马云的撤职决定来，拿给金元看。

丁文书说："金元组长，你看这——"

金元说："你保留着，再说。"

那天晚上，金元想，这明明是栽赃陷害嘛！为什么会这样？马云的心里一定是清楚的。

杨队长第二天找金元。他从昨天的事上看到金元这小伙子有胆识，办事公道，敢说敢为，他从心底里佩服。

杨队长给金元说了郝组长在任上的一些事。

郝组长在杨队长的心里是个人物，他敬仰郝组长，敬仰得五体投地。但有些事他不理解。

杨队长给金元说，郝组长是县上表彰过的见义勇为模范人物。那是郝组长到任上的第二年。有一天夜里，这个郝组长路过邢寡妇的住处，他看见一个黑衣鬼面的男子在邢寡妇屋子的近处观察了一阵，随即推开邢寡妇的门闪了进去。

郝组长觉得事情好生奇怪，他就悄悄地摸到了邢寡妇的窗子下，郝组长听见屋子里的人哼哼唧唧的，又像在厮打，还有那女人的哭泣。他一个堂堂的工作组组长，怎能袖手不管呢？

郝组长一脚踏开了邢寡妇的门，他看见那黑衣人正在干那行奸的事。郝组长一个箭步上去从领子上抓住黑衣人，黑衣人翻转身子一拳打在郝组长的脸上。黑衣人又接连几拳直打得郝组长鼻青脸肿，口中流血，眼冒金花。打完了郝组长，那黑衣人就乘机逃走了。郝组长去追赶黑衣人，没有追到就带着伤回来了。郝组长是皮肉伤，养了几天就好多了。

这事汇报到县上，县上派人来慰问了，还颁发了见义勇为的奖状。

邢寡妇是郝组长救的，郝组长养伤的日子里，邢寡妇很激动，还看护了好几天。

金元仔细地听着杨队长叙述的事，感叹地说："见义勇为，是英雄!"

杨队长说："那会儿，邢寡妇给郝组长还洗了那件带血渍的衣服。郝组长的伤很快好了，英雄也当上了。可我发现邢寡妇后来并不感激郝组长，见了郝组长还躲着他。我还想这邢寡妇怎么无情无义的? 可郝组长宽宏大量，从不计较，也不去邢寡妇那里讨人情。别人问起那事，他总是说，小事一件，不提了。很豁达的，真是英雄气概。"

杨队长看了一下金元，金元没有说什么。

杨队长又说："郝组长那么英雄的人，可还讲迷信。"

沉思中的金元，猛然回过头来问："什么，什么?"

杨队长说："郝组长在那次养伤的日子里给我偷偷地安顿，叫我找个阴阳先生给他画个驱鬼的符，他要带在身上。他说，他挨了打，心里总是慌慌的。"

金元说："是个怎样的符?"

杨队长说："是用朱砂和着辛红在黄表上画了个雷的篆体字，两边又画了弯弯的云状的图形，绕来绕去还挺复杂的，阴阳画符都是那样。符画好了，有的贴在门顶上，说恶鬼看见了不敢进门。人带在身上，恶鬼就不敢靠近那人。符是阴阳先生画出来专门驱邪镇妖的。"

金元说："他带了符，心里就不慌了?"

杨队长说："我没有问，我也不知道。"

金元心想，还有这样的事!

过了些日子，金元跟马云混熟了，他去了马云家里。

金元斜躺在马云炕脑里叠起的被子上。马云坐在炕头上守着一个煤油炉子熬罐罐茶，他将生茶叶放在一个砂陶的小罐里，盛上水先洗了茶，然后再盛上清水，将小罐架在炉子的火上煎熬。水滚了，罐子里冒出的热气带着茶的香味，飘荡在屋子里。是一种浓烈的香味，茶香飘起时，满屋子里的空气倍感清新。

清晨熬上罐罐茶，浓香会驱散屋子里一夜蒙出来的臭气；农民们下地回来，熬上一两罐子，就能赶走一身的疲劳。

罐罐茶熬好了，倒在茶碗里，那酽酽的红是很诱人的。没有喝过它的人，一看就想喝。喝上一口，浑身就热得舒服，可口里苦得发麻，这苦是好多人喝不惯的。但过了这一关，就别是一番境界。养神、怡情、消气、消愁，心里一切郁闷之事都会被消散的，并且愈苦愈有味。

马云给金元沏了半茶碗，金元尝了一小口，满口里麻麻地苦，一小口就够了。剩下的，他端在手里，用双手体味它的暖，慢慢地受用那无尽的醇香。

马云就一罐一罐地熬着，一碗一碗地喝着，他今天的心情分外地舒畅。是金元前些天放了他，还是金元今天到他这儿来了？或许都是，或许都不是。

马云想，金元是不是还要问枪的事，可金元闭口不提那件事。

金元说："郝组长还是个见义勇为的英雄！"

马云没有吭声。

金元说："我听人说，郝组长虽然当了英雄，可给他弄了个驱鬼的符，带在身上。"

马云扑哧一笑说："你听谁说的？"

金元毫不隐瞒地说："杨队长。"

马云又淡淡地笑了笑。

金元说："这庄子上有过鬼吗？"

马云又笑了笑。

停了一阵，马云说："什么鬼？郝组长的那道符是我找阴阳给弄来的。"

金元说："噢！有这样的事？说来听听。"

马云讲了那个鬼的事。

马云说，一天夜里，他路过邢嫂的住处。马云的谈话中没有说邢寡妇这个词，他称邢嫂。他看到一个黑影弄开了邢嫂家的大门，潜入邢嫂的院子。马云也就跟着巡了进去。那黑影乘邢嫂进屋子的时候，偷偷地尾随了进去。

金元说："后来呢？"

马云说："屋子里没有灯火，我听见邢嫂啊呀了一声，像是那黑影捂住了邢嫂的嘴。屋子里传出挣扎与搏斗的声响。"

金元说："那你呢？"

马云说："我要冲进去，可我怕那黑影反咬一口，我还说不清。可不进去是不行的。"

马云接着说："那头一天下了一阵雨，院子里的低凹处有泥，我急中挖了一把泥抹在了脸上，那脸鬼一样。我冲进屋子，黑影将邢嫂压在地上。我一把抓住那人的后领，照他的脸上一顿拳头。那人脱手后，迎门跑走了。我也就跟着跑了出来，回家后洗了脸。我又去邢嫂家的近处看了看，邢嫂的屋里灯着了，窗子上有她的影子。我想，她没有事了，那人再有多大的胆子，我那几拳下去，他也不敢再来了。第二天，我知道是郝组长挨了揍，我害怕了。打工作组是政治问题，我被查出来一定是要被判的。我去郝组长的住处看动静，他给大家说得可是神乎其神，他是如何的见义勇为，那坏人打了他几下，可他把那坏人打得更惨。他说，对坏人就是不能手软，不能给他好果子吃。我想，他是不查坏人了，坏人被查出来，还不一定能给谁好果子吃。我就放心了。那几天我又想，这人伤好后，能不能又去干那事？我就又弄了个鬼面，一天晚上在他的窗子前晃了晃，还真见效。我透过窗子看见他用被子包了头，抖得厉害。"

马云说完了，笑着说要金元替他保密。

金元说："你小子真行，我保什么密？"

马云说："说出去了，别人笑。"

金元说："这事邢嫂知道吗？"

马云："她怎么能知道呢？我也不能给她说，那都是夜间发生的事，叫她知道了，我怪丢人的。"

金元说："这我知道了。"

金元和马云从此成了好朋友。金元知道马云从军队上复员后，一直单身过着，金元从心底里同情他。

第九章 同学，就是同学

辰大学毕业后参加工作的第二年，被调去社教工作队。

那天社教工作队在中川李家嘴小学的院子里开了会，下午公社里和生产队来人给派往各大队的工作组领路。辰去祁家岔，来接他的人叫海仓。海仓浓眉大眼，粗手粗脚，面目和善害羞，言语少，一看就是个特别憨厚老实的人。

海仓拉着一头毛驴驮了辰的被褥，从中川向南去过河，沿山脚一条小路进了一个沟岔，就是祁家岔。辰跟着，一路走去。

路上两个人说话很少，但从很少的谈话中，辰知道了祁家岔大队共有九个生产队。

边走着，海仓边指给辰看，九个生产队，沟岔口上是一队，依次向深处排去，看样子一个群居的村落就是一个生产队。各家的庄子紧挨着，单个的也离得不远。有一条沿沟的曲折山路连着各个生产队。那山路不宽，可走架子车。

辰被安排在五队去住，五队去各队都近一些。晚饭前到了那儿，队长来迎了，五队长叫万仓。

辰住在了一个单身男子的家里，这男子叫祁诚，三十岁左右，中等个头，面目清癯。他家有一盘土炕，室内干净，住着也清静。祁诚喜欢辰住他家，帮着辰将被褥铺在炕上，和他的被子并在一起。

辰吃饭是在一户贫农的家里，工作组的人凭粮票和钱吃饭，到谁家都一样，但不能在富农家和地主家。

辰知道金元在景家店的工作组里，一个星期天，他去找到了金元。

老同学见面了，高兴得很。

外边下着雪，两个人坐在金元住的火炕上，拥了被子谈天。从大学毕业、工作分配，一直谈到社教工作队。

金元给辰谈了他遇到的那个迷离的奇案。

辰听了，觉得很有趣的。

辰说："你遇到的这事，是写一篇小说的好素材。"

金元说："我提供给你，就是要等着看你写的小说。"

辰说："那好。"

接下来辰给金元讲了他那个生产队的事。

辰去了那个生产队，第二天召集各队队长到五队开会，各队长向辰汇报了队上的情况。

工作组是上面派下来的人，开会时气氛很是严肃。解决一般性的问题，是工作组说了算。

一队队长提出一件他棘手着办不下去的事，是一家的女子偷了公社大田里的粮食，给罚了，但一直落实不下去。叫辰组长给了结一下此事，辰答应了。

第二天一大早辰去了一队，在一队的队部里，队长派人叫来了那个女子。是一个十八九岁的大姑娘，这姑娘叫瑶女。

瑶女高身量儿，穿一件花色衬衫，体态健美，脸面红润。蚕眉下一对明媚的眼睛，目光清澈。站在辰的对面，知道又要被工作组审问了，是侮辱性的审问。她在贼的位子上，她脸上泛出来羞涩与愠怒。

辰问："你就叫瑶女？"

瑶女说："就是。"

辰说："队长说你拿了大田里的粮食，是吗？"

辰说拿了，没有说偷了。他有意回避着那刺人的词语。

瑶女说："人家说我是贼，我偷了大田里的一个苞谷。还有什么，说我挖社会主义墙脚，我还反革命哩。"

辰一听，赶紧说："不！不不不，拿了一个苞谷，怎么就说是贼？什么挖社会主义墙脚？我问问姑娘，姑娘不要往心里去。"

辰转过头来对队长说："人都是有颜面的，怎么能随便就说谁是贼什么的？我还以为是多少粮食！瑶女拿了一个苞谷，也上纲上线的，我看那是小事。队长，你说呢？"

队长连连点头说："是啊，是。辰组长说的是。"

瑶女这才正眼去看辰，和辰的目光给碰上了。这时的瑶女，脸上的愠怒少了，可羞涩多了。

辰问队长："既然是这样，你们是怎样罚的？"

队长说："罚了十斤小麦，可她只交了一斤。其余的就落实不下去了。"

辰面对着队长惊讶地说："啊！还有这样罚人的，这是哪门子王法？"

辰显然是有点不解地动怒了。

队长说："是前工作组给定下的，说她挖社会主义墙脚。"

辰说："谁定的也不行，这太离谱了吧？这符合党的哪一条政策？"

队长连忙说："那，那就听辰组长的，你看怎么办就怎么办。"

辰说："这事以教育为主，教育教育，叫她知道自己错了就行了。鸡毛蒜皮子那么点屁事，一个多大的苞谷？你们又羞辱人家。还罚啥罚？我看是得还人家尊严。"

队长说："那是，那是，我们说人家的话不当，是我们错了。"

辰对瑶女说："大田是公家的，你以后要公私分明。错了就改了，怎么样？"

瑶女听着掉下了眼泪，看出来是洗去了贼的恶名，还原了清白的眼泪。

辰对队长说："叫会计来，把那小麦给瑶女退了。"

队长连连答应着，叫来了队上的会计，从粮仓里给瑶女称好了一斤小麦。

瑶女撩起衣襟，辰将小麦倒在她的衣襟里。

瑶女向辰鞠了一躬，是在感谢。她直起身子时，抱着包了小麦的衣襟，裸腹露体的，姑娘的脐眼都露在了外边。这时的瑶女去了愠怒，她羞涩融融，含情脉脉。

瑶女去了，辰送到门口，目送着瑶女远去。瑶女又回过头来看了看辰。瑶女的衣袖在谷风中飘动，辰看到了被人说成飞天的香音神。在香音神的世界，一群香音神，她们都裸腹露臂，脐眼外露，玉璧上豆大的窝儿。仙风拂面，衣带飘飘。有弹

琵琶的，有吹笙的，有吹箫的，有鼓磬的。有一个就是瑶女，洗去了贼的恶名，她那么欢乐。

金元听了，笑着说："这事也很有趣。你是不是见了那个瑶女，一时动了情，就向着她了？"

辰说："秉公么！可话说回来，那瑶女还是很可爱的。甜甜的农家女。"

金元说："我说是，肯定是公私掺杂了！"

辰笑着说："还是秉公，秉公！"

辰又接着说，晚上他和祁诚睡下来躺在炕上闲聊时，他告诉了祁诚白天他处理瑶女的那件事。

祁诚长长地出了一口气，像是辰的话触动了他的心事。停了一会儿祁诚说："你如果早来我们这里两年，我那媳妇就不会那么去了。"

辰说："你结过婚了吗？你媳妇是怎么回事？"

祁诚给辰讲了他家的那件事。

祁诚结婚只半年，夫妻二人恩爱相处，家庭和和美美。有一天晚上生产队派他去打谷场上值夜班，天黑前打谷场上的粮食堆子被生产队派人用木刻的印板子给挨挨齐齐印过了，粮堆上留下了记号。

祁诚说他半夜里实在饿得受不住了，就偷吃了一把粮食。第二天被人发现了，他也承认了错误。可那个工作组的放不过他，在大队的会上批斗了他，就像对瑶女那样，说他是贼，挖社会主义墙脚。他的媳妇觉得男人那样了，自己羞愧得不敢见人，就上吊自杀了。

祁诚说着哭了，流泪了。

祁诚讲完后，辰沉郁了半晌。

辰安慰了祁诚，用那点点苍白的词语……

金元听了说："这事也真令人痛心。"

辰给金元又讲了一件事。

一天下午万仓队长给辰说："村子里有一户人，家里生病的生病，出事的出事，总是不顺利。打算请一个阴阳先生念念经给禳解一下。他们叫我给辰组长说说，看行吗?"

辰说："那怎么行？那是搞迷信活动。你们不说，我也就不知道。你们说了，我就连那抓鬼的人和鬼一起给抓了。"

万仓说："是啊！那是。那就不搞了，就不搞了。回头我告诉他们，我就说，我再三考虑了，那是搞迷信的事，我不敢给辰组长说。"

辰说："这就对了。"

……

金元听得很入神。金元说："你说得也是。这些事上，有社会的习俗，也有人心理的解脱。你我都想到一块了。"

辰说："有些事，太认真了是不行的。"

金元说："同学，就是同学。"

第十章　情　缘

金元当工作组来到这个生产队，杨队长就安排他住在焕金家。焕金家成分好，金元住在她家是符合政策的。

金元初来乍到，他要了解这个生产队的基本情况，很忙的。

金元是从城市里来的，从学校里来的，从书本中来的。农村是他心中的世外桃源，是神话中的乐园。现在他每天要在这乐园里溜一回，山峁、古堡、村落、绿树、朝霞夕晖、月出月落，很有趣的。

金元早出晚归，拿着粮票吃饭，走到哪吃到哪。所以焕金家里有几个人，他都不知道。

那天夜里下了雨。第二天，天亮时还淅淅沥沥的，金元睡懒觉，起床时已经九点多钟了。

金元出门看了看，天放晴了，他端了洗脸盆到井边去弄水，碰到一个姑娘正在从井里打水。那姑娘站在井台上，一手抓着辘轳的把柄用力地摇着，一手抓着吊桶的绳子，辘轳转动时，她一把一把交替着将绳子整齐地盘在辘轳上。她两条辫子甩在背上，挺挺的胸脯，随着辘轳的转动身子也在运动。

那汲水的姿态，就像历史课本上汲水图中的古希腊汲水少女，披发在身后，健美的肢体是艺术的美韵沿着美的曲线流动，那种美韵的流动是天神的女儿有的。天神的女儿有，古希腊汲水的少女有，还有这位摇动辘轳汲水的姑娘有。

姑娘从井里打上来了水，这姑娘就是焕金。

焕金说："你要洗脸水吗?"

金元呆呆地瞅着她，不知她在说些什么。

焕金笑了笑，从他的手里接过洗脸盆，金元方才醒过神来。

焕金将洗脸盆搁在井台边上，提起水桶来，哗啦啦，一串珍珠从桶子里倾下来，倒了半盆子清冽得透亮的井水。

焕金说："好了！"

金元点了点头说："啊！"

焕金提了半桶子水走了，她斜着身子，甩着一只胳膊，扭秧歌一样。

金元那天晚上做了一个梦，一个离奇的梦。

金元去了天边，穿过了时空，到了天国里的乐园。乐园中的亚当和夏娃由于违禁偷吃了智慧树上的果子，遭到上帝惩罚，迈克尔天使将他们逐出了天国里的乐园。

亚当和夏娃被赶出了乐园，他们就再也没有回来。亚当在找夏娃，费尽了千辛万苦。亚当有分身术，分成了千百万个亚当，在寻找夏娃。夏娃也有分身术，分成了千百万个夏娃，在寻找着亚当。

各人找各人的亚当，各人找各人的夏娃。金元是亚当分出来的，他在找他的夏娃。

多少代了，金元变成了鱼，鱼变成了燕子，燕子变成了大雁，大雁在飞越沙漠的时候掉了队，掉在茫茫的沙漠里……

下雪了，在无边雪原，他成了一只雪鹿，跑在雪原上，眼前是那个提着水桶、甩着胳膊、扭秧歌一样的姑娘，雪鹿追上去，吟着雪鹿歌：

雪中的鹿，

在原野上奔突，

任凭漫天飞舞。

雪中的鹿，

一往无前，

不怕长途歧路。

雪中的鹿，

里表澄澈，

充满了透明度。

……

金元从梦里醒来，他觉得这梦好奇幻的。

金元是很好学的，无论多忙他每天还要看一阵书。他昨天下午读了一阵子17世纪英国大诗人约翰·弥尔顿的长诗——原版的《失乐园》，晚上就——

无巧不成书，那书中都是收罗了许许多多奇巧的事，但不在书里的事也一样的奇巧。

金元见了焕金的那天就是那样，那天就是一个梦。

金元从那天起，就有意地去发现她。他每天起得很早，在院子里徘徊的时间增多了，只等她去了井台边，看着水打上来的时候，他就走过去。

焕金也注意金元了，焕金见了金元后没有那么多的想象，也没有那么丰富的梦。她的眼里就是一个傻傻的小伙，不傻才怪哩。不然人们都说他们那些人是书呆子。

金元是呆是傻，焕金只觉得这小伙子傻得可爱。他这个工作组的组长，大家都说他年轻了一点，可年轻人做事大家很服气。郝组长抓了马云，谁都觉得抓的不是理。金元放了马云，每个人的心里都佩服这个年轻人。

焕金还想着，我叫焕金，可他怎么就叫金元呢？真是奇了，真是怪了，也真是巧了。

金元那天想，见义勇为的事情要叫它水落石出，邢嫂是个关键人物。邢嫂这个人是要去找的，可女人家的门，家中只有她一个人，他怎么去找呢？同杨队长去？不行！杨队长一直和郝组长在一起，去了，邢嫂有话就没话了。和马云一起去，肯定是不行！

跟谁去呢？他想了半天，想到了焕金。

金元去找了焕金，一开口，他的脸都红透了。

焕金看着金元笑了笑，就答应了他。

焕金在宣传队里，邢嫂有空就去宣传队帮忙，焕金和邢嫂是很好的朋友，金元找焕金是找对人了。

焕金陪着金元去了，邢嫂很是热情。

邢嫂的丈夫是前年车祸死去了，那人活着的时候好赌，也爱喝酒。地里、家里的活全是邢嫂的，邢嫂干活很泼辣。丈夫去了的那半年里，邢嫂着实伤心，大家都去安慰她。焕金也常去邢嫂家，给她说些宽心话，帮她干干田里的话，日子长了，她也缓过来了。现在她表面上还自在，但心底里肯定是很孤寂的。

邢嫂中等身材，丰满端庄，明眸皓齿，性格开朗。后脑勺梳了个蟠桃髻，衣着贴体，一见就是个很利索的女人。

焕金说："邢嫂好！工作组的金元组长来看你。"

金元笑着，向邢嫂点点头说："邢嫂好！"

邢嫂笑着说："金元组长来看我，我很高兴！金元组长可是全村子人都喜欢的人。就冲着你明察秋毫、做事公道，放了我们的马云兄弟，我做嫂子的就喜欢你。"

邢嫂是个开朗泼辣的女人，说话都火辣辣地直爽。

金元觉得邢嫂真是一个好嫂子。

邢嫂说："今儿个金元组长来了，我们烙韭饼，叫金元组长尝尝我和焕金的手艺。"

金元说："这韭菜，我看怎么像麦苗？"

焕金扑哧笑出声来。

邢嫂说："你别笑了，金元组长可是个老实人。我听说过你们读书人一个很有趣的故事。"

邢嫂说："一天，有一个学生到野外去，从地头拔回来一大把冰草。这学生认为那就是韭菜，回家去给他的妈妈说，我今天给咱们采来了一些韭菜。他妈妈也是个念书人，看了一下孩子采来的东西，她说——"

焕金急切地问："她妈妈怎么说了？"

邢嫂慢慢地说："那学生的妈妈说，我的儿你弄错了，这分明是麦苗，怎么你就认成韭菜了？"

焕金和金元听了笑得出了声，焕金都笑出了眼泪来。邢嫂说着自己也笑了。

邢嫂笑了笑说："金元组长，我叫你大兄弟，你不见怪吧？"

金元说："哪能呢？有你这样的嫂子，当兄弟是幸运。"

焕金说："大兄弟听好了，往后邢嫂就这样叫你了！"

金元急忙说："你黄毛丫头一个，还占我的便宜，我大你好几岁哩。你属鼠是吗？"

焕金说："你怎么知道的？"

金元说："打听的。"

焕金说："打听本姑娘的年龄——你这兔——"

邢嫂说："你是不是要说，他图谋不轨？"

焕金说："是啊！"

焕金口里说着，心里想，那天她去队委会，无意中翻那个报到簿，知道了金元是属兔子的。

金元笑着。

这样地你争我说，大家都很开心。

邢嫂说："大兄弟，马云的事上你做得对，太对了。那个郝组长可真的不是个——"

邢嫂自觉说话过头了，停了下来。

金元说"：嫂子要说什么，你就说。在大兄弟面前，还有啥话不好说呢？"

金元是专门来听听邢嫂对那件事的看法的，想了解她在那件事中到底是个什么角色。他知道邢嫂是无辜的，作为工作组的，他就要知道事情的真相。

邢嫂说："好，我就直说了，那个郝组长，虽然没有占上我什么便宜，可他确确实实不是人。"

邢嫂的脸色变得难看，她说了那天夜里的事。

邢嫂在院子里收拾了一下从地里拿来的柴火，天黑了，她刚进屋子的门去点灯。身后一个人随了进来，那人搂住了她。她喊了一声，那人捂住了她的嘴，将她压倒在地上。她急得双手乱抓，抓下来那人上衣领子近处的一个扣子。随后一个鬼面人冲进来打走了那人，鬼面人又紧追着那人去了。

邢嫂说："他们都去了，我就点了灯扣上了门。那一夜我很害怕，我怕他们再来。但我又想是不是我丈夫的灵魂来救了我？我的心里瘆瘆的。那几天我给郝组长洗衣服时，发现那扣子是他的。我怎么说呢？那事我就只有装在心里了。"

邢嫂从柜子的抽屉里拿出来一个衣扣，焕金和金元看了，他们都见过这样的衣扣，是郝组长的。

金元看着那枚衣扣心里一切就清楚了。

金元说："鬼面人是个很了不起的人，那个见义勇为的奖状应当发给他才是。"

邢嫂说："鬼面人是谁？我一直寻找他，可找不到。我想，是不是真的是我丈夫——"

金元风趣地说："是不是你丈夫，先别说。那鬼面人是马云。"

邢嫂被金元的话震惊了，她脸红了，可她喜悦地笑了。她心想，这一年来，偷偷地帮她干地里的活的人也一定是他。

金元看得出邢嫂深藏在心里的事。

金元和焕金在邢嫂家里吃了香喷喷的韭饼，是焕金帮着邢嫂做的，金元的心里真是舒服。

回来的路上，金元给焕金说："今天我真的为马云高兴。"

焕金说："你为马云高兴什么？"

金元说："你没有看到邢嫂知道了鬼面人后的脸色？"

焕金说："我什么也没有看出。"其实焕金什么都看出了，焕金诡秘地一笑。

金元也笑了。

后来，马云说他问过郝组长那神符灵不灵，郝组长惊疑地问他：你怎么知道神符的事？他笑了笑，没有回答。郝组长凭自己聪明的智慧猜想了多个答案，总是排除不了马云，就对马云下了手。

去探索一件有意义有趣的事，有时候事中的人、事外的人都在情缘中。

第 十 一 章　美 的 珠 粒

那是一个天气大好的星期日，工作组也休假一天。辰来找金元。

辰来时还带来了一位姑娘，他们大学时都是朋友，姑娘比辰和金元早毕业一年，在县城里一个学校任教。

姑娘的名字叫谷女。谷女曾经是辰的恋人，而今他们是朋友。说是朋友，可做恋人那会儿是有姐弟之约的，辰一直叫她谷女姐。

辰与谷女来，金元可高兴啦。他叫焕金过来陪谷女说话。有女孩子在，这朋友相见气氛就会活跃得多，显得更热烈，更亲密。

焕金听说来了辰的谷女姐，她当然要去认识认识这个谷女姐的，女孩子到这个世界上来，多一个姐妹就多一份快乐。

谷女长睫毛，大眼睛，戴着眼镜。

谷女见了焕金高兴地笑着说："多俊俏的姑娘啊！难怪金元躲在这里，一直不来看我们。"

谷女说话直爽也好酷，和她的性格一样。谷女一句虽然不太露、但很是挑衅的话，说得焕金和金元的脸都红了。两个人的心底里都激动而又悄悄地接受着这挑衅的刺激。

焕金赶紧说："听金元说了，你是谷女姐。有幸见到你，我很高兴。"

谷女拉着焕金的手，坐在金元的床头边。

金元说："今天见面，我很高兴，咱们应当有个活动。"

辰说："有句话是说'喜莫喜兮新相知'，认识了焕金是喜事啊！"

谷女在辰的肩膀上溺爱地捣了一拳说："你就是斯文，新相知之喜，你说得太好了，这活动就由焕金定，好吗？"

焕金自然高兴，她说："今天天色这么好，我们出去走走，看看野外的景色可好？"

辰说："这好，焕金就做我们的向导。"

金元说："我怎么不能做向导？这里山头上有一座土堡，在那里可以登高望远。"

谷女说："看看！咱们的金元已经被焕金历练出来了，成这儿的东道主了。"

谷女摇了一下焕金的肩膀说："是吗？"

谷女说话总是辣辣的，听的人像吃了一口的香辣，很有味儿的。

焕金拉了谷女的手，笑着说："谷女姐，你呀！"

辰说："那咱们就在东道主的带领下去野营，行吗？"

焕金说："那敢情好，我给咱们去准备中午的饭带上。"

谷女说："好，好！准备啥好吃的？咱们两个去。"

焕金说："酿皮、凉面。"

金元说："还要凉粉。"

谷女说："看看金元，你还真会使唤人。"

金元笑着。

焕金和谷女去了镇子里的街道上，一会儿就拎来了大包小包一大堆。

几个人来到山巅的土堡前。

高大宏伟的土堡，在阳光的映照下，投影在崎岖的山地上，是一片多角怪异的阴影，这阴影衬得土堡更加巍峨。堡头上风蚀的堞齿与斑驳的墙面，都使人想到久远久远的那些战事。

土堡的正面，一线之路可到堡门的跟前。他们沿路走去，一道沟壑是曾经架设吊桥的地方。过了沟壑，如今洞开着的曾经是厚重的铁带泡钉的门。

几个人进了那个洞开的堡门，堡子里一道斜坡可上堡墙，墙头的最高处有一烽燧，烽燧旁早已坍塌不堪的土墙，还隐约可见狼烟烧焦的痕迹来。

登上烽燧，可看到这土堡的一侧是筑建在千仞悬崖之上。白云绕过烽燧，东望是郁郁葱葱的华岭，西望则是远处马啣山终年的积雪，四野景色，尽收眼底。

金元情不自禁地高歌：

烽火台上倚天立，雪峰俯首白云低。
漫话汉唐十二纪，一怀豪气八万里。

辰拍手叫好。

谷女说："真是好！"

辰说："是啊！有气势，烽火台上依天立，雪峰俯首白云低。这傲然屹立拔地倚天，不正是九万里鲲鹏正举的气势？这气势之下当然是万年雪峰俯首、千秋长云低荡。是吗？"

谷女说："是啊！"

辰又说："漫话汉唐十二纪，一怀豪气八万里。汉唐文化的遗韵是华夏民族智慧结晶的文采，十二纪是连绵的精髓所在，经久积淀的豪气一泻八万里民族情怀，歌咏的正是当今中华的崛起。这首诗，横有横的一览无余，纵有纵的历史纵深感，跨时空，腾飞龙，过原野，揽长缨。好词险句尽收拢在这首七言绝句之中。金元兄诗才横溢，即景时美意遂发，好句子就在掌握中了。"

金元说："哪里，哪里！辰老弟过奖了，辰老弟的一排子话，引经论典，剖析深透，语言精当，评论文句胜似拙诗，句句是诗品的文采。我啥时在你的小说里，形象是今日这样地生辉，我就骄傲，就心满意足了。"

辰说："一定，一定会的。"

谷女说："金元兄的诗纵横驰骋，大开大合，气势非凡。辰谈诗也很是精辟，文到意到，没有瑕疵。文如其人，你们两人可真是诗朋文友。是不是前世约好了，来这世上走一趟，领略这人间的大美？"

金元说："你这么说，我就更飘然了。你谷女也算一个，焕金也是，我们都是前世曾经约好了的。"

辰说："物是类聚的，人是群分的，此话当真是。"

大家痛快地笑，笑声在土堡的上空，在那朵悬空远去的白云里。

他们下了土堡，找了一棵大榆树的阴凉处坐了下来。

辰问金元："教授一定是很忙的，教授身体可好？"

金元说："家父一向很忙，身体还好。"

辰说："教授是大众美学的开拓者。在二十世纪中国美学研究的历程上，先生的美学思想是一道亮丽的风景。"

谷女说："是啊！在学校时，我和辰常去听先生的讲座。先生在他的《新美学纲要》与《大众美学》中以社会生活这个深厚广阔的基础，以社会功利为总结构，营造起了一座质朴无华的美学建筑。"

金元说："就是，谷女讲得好！家父认为美是符合人类社会生活向前发展规律及相应理想的那些事物，以其相关自然性为必要条件，而以其相关社会性为决定因素矛盾统一起来的，内在的本质和外部形象特征，诉诸人们感觉的客观价值。"

辰说："是的，金元刚才的那首放歌，不正是在事物美的基础上迸发出美的感情释放、才有大美的造就吗？"

谷女说："我记得先生说过，强调物与心的相接，又偏于感受。金元诗中的美是继承并发展了先生美学的境界。"

辰说："谷女提到先生强调物与心的相接，又偏于感受。这一点我在写作中多次体会，不断地领悟到先生教诲的深刻意义。先生还认为事物的审美特征性起源于自然的人化和人的本质力量对象化的过程。而且——"

金元接了辰的话说："而且随之不断发展、深化、丰富、提高其程度并开拓其审美观念涉及的范围，是吗？"

辰说："是啊，不愧是美学专家之后，对先生的经典背诵得烂熟，又理解得如此深透。我和谷女、焕金都得向你请教。"

谷女说："你我是请教，焕金可是有独食吃的！"

焕金说："谷女姐真会编排人！"

金元感慨地说："我只学了父亲美学的皮毛，父亲的学问博大精深。"

辰说："在我们的大学时代能聆听先生的教诲，那真是幸运的。"

谷女说："那是同学少年，风华正茂，书生意气，挥斥方遒的年代。"

焕金虽对他们在谈论中阐释的精深理论不甚理解，但她为先生美学思想中朴素的道理所感染。

人在对事物美的审视中，对美有了认识和升华。美学应当是为大众所接受，为大众服务的美的学问。

焕金似有天生的灵感，她喜编喜演大众喜闻乐见的文艺节目的过程，实际上就是对大众美学实践与认知的过程。

其实焕金心里的那种非理论性的感受，尽管是散乱的、点滴的，但粒粒纯朴，颗颗珍贵。

这就是美的朴素珠粒。

这珠粒就是焕金。

第十二章　谷　女

一天焕金对金元说："你们同学关系都挺好的。"金元说："是的，我们在大学时就是很要好的朋友。我和辰的宿舍都在四楼，门对门的。"

焕金说："也是巧了。"金元说："更巧的是，就我们刚认识的那会儿，我的诗和辰的诗同时刊发在《西部星空》杂志上，我俩的诗在相连的刊页上。"

焕金说："真的是更巧的事。是什么诗，你还记得吗？"

金元说："当然记得，我都能背下来。我的是《昔年的诗》"

一

情感啦，

你就大胆地疾飞吧。

哪怕在前进中被风暴所毁灭，

也是好的。

二

心上滴的岂止是血，

眼角涌出的不过是泪。

……

辰的是《早晨》

一

一河星星白浪卷去，

天边上，

浪花捧起了，

红日一轮。

黄河的早晨，

遍体鳞光，道道霓虹。

二

黄河的早晨，

千朵浪花开，

万颗珍珠飞。

竹筏点点，追日去，

黄河女儿踏浪来。

焕金听了说："我不懂诗，可我听着很过瘾的。诗友，是诗友。"

金元说："当然不是狐朋狗友。"焕金听着笑弯了腰。

焕金说："我看辰和谷女挺般配的。"

金元说："般配是般配，可就是白轰轰烈烈了一场，或许他俩也只是有情缘。"

金元给焕金讲了谷女的往事。

辰考上大学的那年，谷女就是大学中文系二年级的学生。

有一天辰在图书馆的阅览室里看书，来了一个很洋气的女生，这女生偏偏坐在辰的对面。

说是很洋气，其实就是穿着一件花色的上衣，留着两个短辫，戴着一副眼镜。

辰感觉来了个女生坐了下来，他低着头看书，不敢多看人家一眼。那女生可是东张西望了一阵，眼睛忽然落在对面辰的脸上，心想这人好面熟。

眼前的这男生，一头丰密的黑发，五官端正，浓眉大眼，憨厚中透出一种清秀，少年老成中不乏小说家笔下的绅士风韵。她认出来了，这不正是辰吗？

中学时，谷女比辰高一个年级，不大的学校，大家见面了就都认识。

谷女伸出一只手放在嘴角，对着辰轻轻地喊了声："哎！"

在阅览室里，谁都不能大声喧哗，辰低着头看书，以为她在喊别人。

谷女想，这人怎么像头牛一样，人家给他弹琴，他真不理。谷女就轻轻地站起来，绕过桌子，走到辰的身后，贴近辰的耳朵说："哎！你是辰吗？你看，我们是中学同学，我叫谷女。"

辰猛然抬起头来，看着谷女的脸，他从来没有这么近看过女生的脸。长长的睫毛，水灵灵的眼睛，黑眸子中间一点棕黄，映出两个似曾相识的小小的男子头像来，黑眸子转动着，笑笑的。为了洋气，戴了一副平光的眼镜。那张脸上笑的时候，显出两个酒窝。鼻梁凸起，棱角分明。他认出来了——他说："噢，认得，认得，你是谷女。我是辰。"

谷女二话没说，拉着辰，卷了书就从阅览室里出来了，在图书馆对面的桃树林里选了一块空地，坐在阴凉处。两个人从邂逅的兴致，谈到了中学时代的生活，男生、女生羞涩的相遇，天真的幻想和对未来的构思。

谷女说："上中学时，远远地看见你，不知为什么总想多看一眼，可走近了就又不敢看了，眼睛就都模糊了。今天我才真真切切地看到了你。"

辰说："是啊！我也是。"

谷女说："今天你也看清楚我了？"

辰说："看清楚了，你眼睛里有两个似曾相识的人。"

谷女说："还似曾相识，连你自己都不认识了！两个？两百个，两千个何止？"

两个人都笑了，笑得很开心。

直到天黑才回去。辰在男西楼，谷女在女生楼，很近的。

辰将他见到了谷女的事告诉了金元。

辰说："这事，我该怎么办？"

金元说："追呗！还怎么办？"

从那天起，辰和谷女两个人就每天见面，每天有约会。

大学生们，都大男大女的。学文学的学生，满课堂的简爱、罗密欧与朱丽叶，

翻卷就是《石头记》、《西厢记》，还有《海的女儿》。都是在名著的堆里摸爬滚打的人。一个偌大的校园除了神圣殿堂的部分，就像红楼梦里的那个大观园。

很快谷女和辰成了形影不离的一对。春风里漫步垂柳拂肩的林荫道；夏天的假日去滚滚波涛的黄河边上戏水；秋去采一片枫树的红叶寄情；面对冬天的白雪，冻红了脸，追逐着留下两行脚印，迎一串笑声。

谷女说她比辰大一岁，就强迫着辰叫她谷女姐。

两个人像天国里的天使一样单纯，也一样的欢乐。

后来谷女把她和辰的事告诉了家里人，家里人对谷女和辰的事不同意，说妻大一，组合成的家庭是不会幸福的。

那天晚上谷女躺在床上总是睡不着，她哭了，哭得昏昏沉沉的。

谷女终于扭不过家人，就在谷女大学毕业的那年，两个人分手了。

那时，谷女对辰哭着说："我不该要你叫我谷女姐，命运有时候就是天验，哪有姐姐给弟弟做妻子的事？就让我们俩一辈子做亲姐弟吧。"

分手之后，双方都失了魂一样痛苦了许久。

辰告诉了金元。金元觉得真不是滋味，但他还是说："看来只有拉倒吧！"

焕金听了，半晌不作声。不知是对哪一个的同情，或许对两个人都同情。

焕金问金元："你有过那样的事吗？"

金元说："有过，但没有那么轰轰烈烈。"

焕金说："是吗？不一定吧！"

金元赶紧解释着："我们那是刚认识的朋友，刚认识，是朋友。她父亲工作调动，就去南京了。"

焕金说："朋友就朋友！有朋友是好事。"

金元说："也是。"

焕金说："我在书中读到过，小伙子有女朋友是一件很值得骄傲的事。"

金元说："是啊！"

第十三章　姻　缘

姻缘就是姻缘，情缘就是情缘。姻缘也是情缘，情缘有时一直是情缘。

鬼面人的事清楚了，鬼面人是人，那个见义勇为的奖状得主可成了鬼。郝组长安顿金元向县上报告马云私藏枪支蓄意杀人的事，就被搁下来了。

过了几天，县上来人说：“郝组长被调回去后，在单位上犯了事。”

其实他在单位上早就有一桩生活作风上的事。是破坏军婚，很严重的。

那个军人在外地服役，那女人与郝组长同科同室共事。

郝组长很早就跟着地下党参加了革命，在单位上可是老资格，当着科长，自然是人们仰慕的。农村家里面的妻子，土啊！单位上的女下属就使他眼花缭乱。

晚上领导说加班，下属谁能不听？政治学习，不参加就是政治问题。

晚上下班迟了，郝组长就用自行车将那女子送上一程。

金元说：“那郝组长大有美人马后捎的快感，那女子也有感激不尽的心情。”

来人说：“是啊！”

郝组长就开始捕抓猎物，经过多次演练，那只温存的小绵羊就上手了。那女子傻乎乎地成了郝组长的笼中宠物。同科同室，关了门就是一家人。夜里，郝组长锁了门，从窗子里狗一样爬进去，就直到天亮。

金元说：“狗男女！”

来人继续讲了，这次郝组长回单位后，断了好久的旧戏又重演了。

有一天军人出差，路过家门探亲不成，直等到第二天的晚上，将加班后的妻子接回来。

回家的路上，女子问：“今天刚到？”

军人说：“刚到。”

女子撒娇地说："我说哩，天天盼你来。今天早晨我在被窝里，听见咱家门前的树上喜鹊都叫了好几遍。"

谁知，那女子一句话说走了样。晚上回去，那军人再三追问，傻乎乎的她就如实交待了，还要求军人饶了她的过错。

军人是个宽洪大量的人，可他也是个是非分明的人。他原谅了妻子，可告发了郝组长。

公安机关逮走了郝组长，交给了法院审理。

县上来的那个人给金元组长还说："县上派我下来看，郝组长在这里当了很一阵子工作组组长了，看有同科的事没有，见义勇为的光荣称号是取消呢，还是生产队上有另外的说法？就是保留着作为法院审理中量刑的条件。"

金元说："见义勇为的称号就取消了吧。犯案同科的事，未遂。未遂也就算了。"

一桩事就这样过身了。

郝组长还说过，他搞的那个学习班里还有一个人，是这个生产队里的地主分子。

那人等新来的工作组长训话，等了半个月了。郝组长那次训话时带来了持枪的民兵，给那地主分子弄了个纸糊的高帽子，脖子上挂了个黑牌子，由两个民兵反剪了双臂，在地上跪了半天，押在庄子上游行示众又是半天。

那人心里想，这新来的组长是不是还有更严的家法？

那天金元给杨队长说："我去给那个地主分子训话。"

杨队长说："派两个民兵和你一起去。"

金元说："不派了，我一个人去就行了。"

金元去了。

金元进了那家的院子，金元说："家里有人吗？我是工作组的。"

只见一个白发老人佝偻着身子，扶一根拐杖从屋子里出来，赶紧跪在了庭堂檐口的阶下。口里说："我有罪，接受管制，接受改造。"

金元上前连忙扶起老人说："快起来，老人家！我不是来管制你的，今日有空，我来转转。"

老人不解地瞅着眼前的这个自称工作组的年轻人，心想，上一次工作组的来了，有两个民兵陪着，还有人前呼后拥的，训话时就像过堂一样。这回怎么不过堂了？是不是还有新花样？

老人狐疑着让金元进了屋里，叫金元坐了，他站着。

金元叫他也坐了。

金元问了他家的情况。

老人说，他们的祖上还是很穷的，从洛门逃荒到这里，他父亲很勤劳，家景就逐年好了起来。他承父业，就成了地主，他就有罪了。

金元说："你怎么就有罪了呢？"

老人说："雇过长工，收过租子。可我从来没有欺男霸女。"

金元说："噢！"

金元问："读过书吗？"

老人说："读过私塾。"

金元说："学过些什么书？"

老人说："学过论语、孟子，还有四书五经、诸子百家。都是些封建的东西。"

金元说："是，也不全是。"

于是他们谈了些书中的人和事，谈着谈着还挺投机。老人没有先前那么害怕了，也没有那么拘谨了。

晌午时分金元告辞了，老人目送金元的背影，他在想，他一个牛鬼蛇神，改造了十多年了，今天才得以脱胎换骨成了人，又体味了人的价值。他还要认真改造自己，珍惜做人。

金元又去了马云家，说是家，就只马云一个人。一个人下地种田，回家做饭，衣服脏了自己洗，心里烦了闭闭眼。

金元在这里也一个人住着，既然跟马云交上了朋友，也就常去他家寒暄。

　　金元去了，每次一样地脱了鞋爬上炕去，躺在马云的被子旁。今天他躺了一会儿又坐起身来，回过身子低下头去，鼻子靠近被子嗅一嗅。

　　金元说："怎么这么大的汗气？臊臭臊臭的，该洗洗了！"

　　马云正在弄罐罐茶，随口说："是前几天洗过的。"

　　金元翻着被子，指着说："看看，这脏脏的，油垢还发着亮色，你怎么洗的？"

　　马云说："你会洗？"

　　金元说："我也不会洗！"

　　两个人正说着，焕金进来了。

　　焕金："我闲着没事干，我知道你们两个都在，我就过来了。不过，这会儿我可觉得我不闲了。"

　　金元说："那你又要忙啥去？"

　　焕金走到炕边，从金元身旁拉过马云的被子，抱着就走。

　　马云赶紧起来拦挡。

　　焕金说："看来你俩都不会洗，这臊臭臊臭的，可还得洗啊！"

　　马云没有拦挡住，焕金已抱着被子出了房门。

　　马云说："这怎么叫你去洗呢？"

　　焕金说："想得美！本姑娘还给你洗？扔掉得了。"

　　金元笑着说："她洗也好，扔掉也好，任她去吧！"

　　其实金元心里是有数了。

　　焕金抱着被子去了。

　　马云说："离这里不远的山后有一个道观，道长是早年从崆峒山云游到此的，说这里的风水好，就留了下来。那道长给人测字算卦，还挺灵验的。我去过几回，人熟了，他也不怕我宣扬出去动了政府。熟人常有去卜问吉祥祸福的。"

　　金元说："噢，我知道了，给郝组长驱鬼的符，就是从他那儿搞的？"

　　马云说："是啊！我还忘给你说了，那一次我按杨队长的指示去求符，道观的那个道长掐着指头想了想说，朗朗青天，哪来的孽鬼？我给你画一个镇邪的符得了。

我看着他用朱砂红在拆了一半的那张黄表纸上，先画了一个似雷非雷的字。下边也画了，一边是繁体显字的一半还是显，另一边是赫字的一半赤。他边画口里边说：神灵显赫。"

金元听着，这还真有意思，他想，这雷下显字的一半，赫字的一半。这赫字的一半不就是那个郝字的一半吗？真的有意思。

金元说："那么神奇的大师，你就没有给你卜一卦，卜卜姻缘如何？"

马云说："不瞒你，我是卜过了的。"

金元说："有情况吗？"

马云说："有！"

金元说："我也会卜。你先别说，看我卜的有道理，还是那人卜的有道理？"

马云说："好！"

金元故意思索了一下说："容我慢慢道来，你的姻缘是与鬼面人的那件事缠搅在一起的。"

马云说："你怎么知道的？"

金元笑了笑说："我自有渠道。"

金元又说："那道长怎么给你卜的？"

马云说："是测了字。那天我去问姻缘，那道长叫我写一个字，我去时他刚开门，我就顺手在地上写了个开字。道长看了看说，这开字的繁体，还要周边加个繁体的门字。他就在地上写了那个门字，将我写的开字套成了繁体的"開"字。写好了，他闭上眼睛想了想，睁开眼睛说，你这个字，左看是邢字，左看是邢字，翻来覆去还是邢字。这一说，我就把心放下了。他和你说的是同一个人，你也够神的！"

金元听了心想，这个道长还不简单。

金元笑了笑说："今天的被子不是焕金洗，有人会洗的。那人一定是你占卜中人。"

马云说："这——"

金元说："不信，午后可见分晓。"

事本一枝，花开两朵。

再说焕金抱了被子径直去了邢嫂家里。邢嫂拿过洗衣盆来，两个人拆了被子，焕金去井头打了一桶水来。邢嫂又取了两个矮凳儿，叫焕金坐了一个，与她说话。将井水盛入盆内浸了那拆下来的被里被面，先叫太阳晒着。

邢嫂说："天下的事，也就那么巧的。那夜里，那个混蛋闯入我的屋内，我都被吓软了。不是他，我肯定是被那人作践了。果真出了那事，我还有脸活在世上？可就是他救了我，事后我想着想着，那天的事也够玄的，他是从哪儿来的？也太巧了啊！"

焕金说："巧归巧，我总觉得他一直在暗中保护着你。"

邢嫂说："可也是。"

焕金说："我想，暗中保护别人，别人又不知道是他，他也真是——"

邢嫂说："也真难为他了。"

焕金说："还不如——"

邢嫂说："不如怎么？"

焕金说："你看，你俩都是半个家，还不如成一个家好了。"

邢嫂说："人是个很好的人，憨厚老成。干起活来一身的力气，是一个靠得住的人。"

焕金说："这不就对了么？我和金元都想着怎么成全了你俩的事，有嫂子的这句话就很好了。"

邢嫂笑着说："我听焕金妹子和金元组长的。"

焕金说："那敢情好，到时候我把咱们宣传队的姐妹、弟兄都领来，演几个节目，热闹热闹。"

邢嫂和马云的姻缘已经是水到渠成的事，有焕金和金元从中撺掇说合，这桩婚姻就很快定了下来。

邢嫂和马云也真是有情人终成眷属。

邢嫂和马云成亲时，焕金和金元又当婆家人，又当娘家人，够忙的。辰和谷女都来帮忙，布置新房，张灯结彩，置办了两桌酒席为贺喜来的朋友表示致谢。焕金和谷女特意去县城里买来了两串鞭炮、暖床用的枣子花生，以及给村上孩子们散的水果糖。

金元和辰商量着编撰了几副喜联，辰给写了。

院子的大门上一副，是洒金红宣，汉隶金字：

庭院生辉，人间挚友共庆贺。
景店吐瑞，天上鸿雁同比翼。

庭堂檐下，立柱上一副，洒金红宣，翰墨唐楷：

陇上日出飞彩云，
个中月里斗婵娟。

洞房门楣上一副，红宣行草墨宝：

摘桃瑶池偷玉杯，
问春蓬莱点红梅。

婚庆那天，鞭炮声响后，金元主持，马云和邢嫂拜了天地。

焕金张罗着宣传队的姐妹兄弟，演了一出《穆柯寨招亲》。锦云扮穆桂英，谷风扮杨宗保。又一段，是焕金的清唱：《梁秋燕》。

表演精彩，喝彩声、掌声不断。

在山川瑞霭、气氛祥和中，邢嫂和马云结成了连理。

一天马云约金元出外走走，路过那个道观。他俩进了道观，那道长在庙殿的檐前乘凉。这庙殿年久失修，彩绘已谢色，窗棂也斑驳。庙殿檐前两边，有两颗护院

石，石上青苔点点。

道长搬来两个小凳，金元和马云坐了。

马云给金元说："今日来了，你也叫先生给你测上一字，如何？"

金元心想，我又不迷信，测什么字？但又想，既然马云说出了口，不测了有些生分，就叫测测无妨。

金元说："就请先生给我测上一字。"

道长说："这位施主看样子是公家的人，年轻气盛，印堂容光焕发，眉间前途似锦。不知你还想测什么？"

金元说："姻缘。"

道长说："这倒是。"

道长叫金元写一个字。

金元用手指在地上画了一横。

道长看了看，闭上眼睛想了想，笑着睁开眼睛来说：这个一字在土上，就是个王字。

道长左右看了看又说："这王字在两颗护院石中，是个古书的玉字。玉在下，你坐在高处。人下一玉是个金字。施主的伊人一定是带金之人。"

金元心想，这倒有意思。又在地上写了个土字，看他怎么说。

道长看了看，笑着说："土是五行中之一，这五行金、木、水、火、土，有相生的，有相克的。生当福禄吉祥皆至，克将灾难祸患衍生。这土生金是天理定数。"

金元说："谢谢先生点化！"

道长又问："敢问施主名号？"

金元说："金元。"

道长说："这就对了，金相辅之，是为桑梓。《诗经·小雅·小弁》云：'维桑与梓，必恭敬止。'"

金元还想问个明白。

道长说："这都是冥冥中的事，施主不必再问了。"

第十四章 戴 玉

一个星期日，辰在办公室里翻看杂志，金元和焕金来了。辰很高兴，三个人天南海北地聊天。

一会儿有人推开门，进来一个十六七岁的姑娘，姑娘端一个饭盒。中等个儿，圆脸，大眼睛笑盈盈的，俊俏可爱。一条辫子垂在胸前，一条辫子甩在身后。枣红色的夹衫，胸脯挺挺的，线条标致，举止大方。

姑娘说："噢！有客人。"

辰接了饭盒说："是我的同学金元和他的朋友焕金。"

姑娘说："金元老师好，焕金姐姐好！"

金元说："好！"

焕金过来拉了姑娘的手说："妹妹好。"

辰给金元和焕金介绍说："这是我的学生戴玉。"

金元说："好名字，佩珍戴玉。"

辰说："是的，是一个传统理念的名字，是佩珍戴玉。"

金元说："这戴玉又是黛玉的谐音，读起来，就有联想。"

辰说："你这一说，还真的是。"

焕金说："是啊！多好的名字，多好的女孩，给你老师拿来了什么好吃的？"

戴玉说："是甜醅。我给你们盛上，大家尝尝。"

戴玉说着，辰拿了两个小碗，戴玉给金元和焕金盛了甜醅。

金元尝了一口说："哇！真好吃。"

焕金说："甜醅是安定的风味小吃。"

戴玉说："就是。"

辰说："我看报纸上在批杂家。"

金元笑着说："你可要当心了，你这个能人，是个名副其实的杂家啊！"

辰笑着说："也真是。看来这一次我就是使出浑身解数也躲不过了。"

戴玉说："你是我的班主任，共青团的书记，是个政治家；你写小说，是个作家；你写书法，是个书法家；你画画，是个画家；你是学校的民兵营长，是个军事家，你真得够一个杂家了。这几天人家动员我给你写大字报，我可有了写头。"

金元说："他们动员你了？"

戴玉说："可不是，他们说我们和班主任最接近，也最了解。能批到要害处。"

辰说："是啊！你给我写一个批杂家的大字报，你不是也就过关了吗？"

戴玉笑着说："你同意，我真就写了！"

辰说："这还有假？我这里笔墨纸张都有，有你焕金姐姐给你帮忙拉拉纸，你就写好了。"

焕金帮着拉纸，戴玉一会儿就写好了大字报。

金元说："戴玉的毛笔字可真是写得好，一定是班主任偏爱你，才教你的。"

戴玉说："是的。"

辰说："那是。"

戴玉说："这个标题我写不好。"

辰说："我写。"

辰写了个批深批臭杂家辰的标题。

戴玉说："人家的大字报，在人的名字上还画了个红叉。"

辰说："这好办。"

辰弄了个红笔，在辰字上点了一点说："他们问你，你就说没有红颜色了，就点了个点。"

戴玉说："知道了。"

金元看了，笑着说："是红笔点状元啊！"

辰笑着说："金元兄说的正是。"

又来了一个学生亦荷。

大家打了招呼，亦荷对戴玉说："人家要写大字报，找不见你。你倒好，还找了个好去处，大字报都写好了。正好，我也签个名字。"

戴玉说："行。"

亦荷签了名字，说："咱们怎么去贴呢？墙那么高，又没有浆糊。"

辰说："我这里有钉书机、有凳子，还愁什么？"

戴玉和亦荷就贴大字报去了。

焕金说："这大字报，真有意思。"

金元说："可不是么！"

焕金说："有一幅古画是《百子闹学图》。"

金元说："知道，知道！我正在想画中的那个老师。老师能当到那份上才有味儿。"

辰笑了笑，没有说什么，这是正对金元之说的认同。

送走了金元和焕金。

一会儿戴玉搬回来了凳子。

戴玉说："亦荷有事先去了。"遂搁下了凳子。

辰说："革命好啊，我这知识分子的臭架子，是要放一放了。"

戴玉说："我觉得，你还是平易近人的。但是有不少人说，你很骄傲。尤其是在给我们讲课时，总是傲傲的，可有气派了。"

辰说："是吗？"

戴玉说："今天我才彻悟了，你那是杂家的气派。"

辰不知怎么回答她。

戴玉又说："我还有事，要去找她们。"

辰说："好。"

戴玉去了，辰一个人坐着，觉得心里空荡荡的，一会儿又很茫然。过了一阵，又觉得傲傲的，踏实了许多。

第十五章　婚　礼

金元和焕金要成婚了，婚事是在金元所在的大学里办的。

金元大学毕业时就留校了。那一年他去社教工作组，在那个令人难以忘怀的地方，他认识了焕金。两个人情投意合，几年来用诚挚、忠信和爱情的甘露浇灌着一株合欢树发芽、成长，植根于坚实的土地，展开生机勃勃的枝叶，等到绽放了绚丽的花朵，金元和焕金要结婚了。

金元和焕金要结婚了，马云和邢嫂来了，辰和谷女来了，锦云、谷风也来了，都来祝贺他俩。

婚事在文革中的日子里举行，那是一个火红的革命年代，婚礼也就革命化了。

婚礼是借用了学校的一间教室，星期天学生放假了，就在那天下午举行。请了系里的军宣队长，一个年轻的排长，还有工宣队长，一个中年工人。

军宣队长是主婚人，工宣队长是证婚人。

教室的黑板上方贴了一张伟大领袖毛主席的画像。

黑板就交给辰了，黑板上是用红色粉笔写的等线体大字：革命战士金元、焕金结婚典礼。大字的周边是向日葵花朵组成的连续图案。

教室的讲台上放了一张条桌和几个凳子。桌子上铺了红花子的床单，桌子上摆着新人的结婚证并系里赠送的《毛泽东选集》，用红头绳系着。还有几个茶杯和两碟子水果糖。凳子上坐着军宣队长、工宣队长。

教室里的学生座位上坐着亲戚、朋友。还有来看热闹、讨一枚喜糖的学生，坐了大半个教室。

军宣队长主持开会。

主持人宣布："革命战士金元、焕金结婚典礼开始。"

在热烈的掌声中，金元和焕金走到主席台前。先向主席台上的领导行军礼，并向全体来宾行军礼。

主持人宣布："证婚人发给新人结婚证并讲话。"

在雷鸣般的掌声中，证婚人给金元、焕金发了结婚证和红宝书。

证婚人先读了毛主席语录："向雷锋同志学习。""好好学习，天天向上。""为人民服务。"随后作了热情激昂的讲话，讲话内容大致是对两位新人的祝贺，对双方人生的肯定，对今后工作、生活的鼓励。

证婚人讲话后，是新人介绍自己自由恋爱的历史。

金元讲他们两人是在史无前例的中国农村社会主义教育运动中认识、相爱的。通过对毛泽东思想的认真学习，提高了无产阶级革命觉悟，坚定了无产阶级革命立场。今后要在伟大的中国共产党领导下，为把自己培养成无产阶级的红色战士努力奋斗。

大家还要焕金讲，焕金说："我要说的和他一样。"

大家不同意，一定要她讲。

焕金大致重复金元的话，又讲了一遍。

接下来是新人表演节目。

金元朗诵自己作的诗《我是园丁》：

　　我是园丁，

　　我是播种的人。

　　引来智慧的清泉水，

　　让花的种子发芽生根。

　　……

新郎官今天西装革履，打扮得风流倜傥，一头蓬松的黑发，浓眉大眼，银丝边框的眼镜，俨然是大学里一位令人羡慕的青年教师。他朗诵时声调的抑扬顿挫、节拍的轻重缓急、词语中的重音逻辑，都掌握得恰到好处。

朗诵中歌调激昂，感情奔放。自己的投入，引动着在场所有的人身临其境，都在感受着这首诗高远的意境。

我是园丁，
我是幸福的人。
花儿开放在春天里，
我的生命永远是青春。
……

朗诵结束时，金元的双手从胸前展开，花在心中绽放。

辰和谷女将一捧金银闪烁的花雨洒过去，那花雨落了金元的一头一身，花雨飘飘落下时引起一阵如雷的掌声。

焕金的节目更是精彩。

焕金主演白茹，锦云、谷风伴舞，演出了一幕焕金自己编排的《林海雪原舞》，三个女子跳舞的衣服、道具都是那个当主婚人的军宣队长给弄来的。

焕金她们装扮上台，绿色的新军装，军帽上是红星，军服上是红色领章。身披白色披风，个个眉目清秀，美俊威武，英姿飒爽，但见——

舞步伴着乐声，
在雪地上滑过。
披风在飘拂，
像一群白鸽。

三个女子在舞台上斗折穿行，
是天宫里的织女舞金梭。
背上的枪刺闪闪，
是银河里星星闪烁。

舞姿旋转，
有疾风吹过。
披风随风，
是白云朵朵。

身着军装的影子划过，
是绿得透亮的湖泊。
来一个倒踢紫金冠，
天鹅在水中拨清波。

好啊！在林海里穿过，在雪原上行军。在雪中蹲射，与敌人拼刺。一姿一着英武，一步一曲风生。

舞姿优美，敏捷灵动是先天生成的优势，功夫之深是努力付出的回报。

观看的众人情不自尽，拍手叫好，脚下也都舞了起来。

金元和焕金的婚礼，没有张灯结彩，没有花天酒地，没有盖头红纱，没有车马花轿。可这婚礼有革命的氛围，有火辣辣的热烈，有那个年代在人们记忆里不可忘怀的青春活力。

中华民族的婚礼，从古到今，从没有花轿到有花轿，有树枝编的荆轿，竹杆的花杆轿，雕栏套格的民间花轿，红顶、蓝顶八抬的皇家金轿，胭脂骏马的轿车，现代豪华的小轿车。

金元和焕金什么都没有，可是心底里一样乐乐的。

儿子的婚礼父亲没有来，是他来不了。
儿子的婚礼母亲没有来，她在很远很远的地方。
婚礼结束已是晚上，金元和焕金给父亲去送晚饭，辰和谷女去看老师。

他们去了，教授的门口有红卫兵站着岗，不让多余的人进去。辰去给那个红卫兵解释了一阵，红卫兵请示了领导，才允许他们都进去。

已经很迟了，教授还在桌前的灯下写东西。

辰轻着脚步走过去说："老师好！"

教授停下了笔，转过身来看见了他们。教授激动地招呼他的学生坐在床边。

相互问了几句话后，教授对儿子、儿媳说："你们今天完婚，我不能参加婚礼，可我特别高兴！我祝贺你们！"

教授的脸上流下了喜悦的泪水，大家的眼睛也润湿了。

按红卫兵限定的时间，他们离开了教授的办公室。

回来时辰一直想着桌面上那份用朱笔修改的文稿，那满纸的红色……

第二部　诗之颂

第十六章　大美人生

那天焕金把洗好了的衣服给公公拿过去，顺便还收拾了一下书房。

教授的书房里很零乱，他成天忙着写美学论文，搞美术创作，哪有时间收拾他的房间呢？用过的书一摞摞地堆在书架跟前的地上，焕金一本一本按分类归在书架上。写好了的手稿也散散地堆了半个桌面，焕金按页码一张一张地给弄整齐了。

另一面桌子上是教授作画的砚池和笔洗，墨污盖满了洮州石砚的颜色，混浊斑驳的色污遮住了笔洗周边青花瓷的花纹。这些污渍，一会儿就被焕金洗得干干净净。洮砚的鸭绿色现出了先前万年石的容光来，青花笔洗上典雅的蓝色变得纯然锃亮。

教授很喜欢这个天真烂漫的儿媳，焕金对绘画的兴趣，使教授感到了自己倾注心血创作的每一幅作品上的亮色将焕然一新。

焕金问教授："爸爸，你成天在写些什么？"

教授说："我是要将人间的大美发掘出来，还给人间。人世间的大美是朴素无华的，那正是大众的美。多少年来被一些人虚夸涂抹，使之矫揉造作成了空与伪的躯壳，埋没了那种固有的、质朴的纯色和它的天性美与天然美。"

停了一下教授又说："我是想着要还原那种质朴的纯色、天性美与天然美本来的面貌。"

教授讲了许多许多，他是想要将他曾经给学生讲授的知识，尽量多地讲给他的儿媳。

焕金朦胧地发觉，公公是在干很大的事，大得无边无际，像大洋的海一样，深不可测；像海水的深处一样，藏着无尽的奥秘。

教授的书房是一个很神秘的去处，除了书架上那些浩如烟海的书里藏着的秘密，还有教授的笔下、心里的秘密。从那天以后，焕金有空就去教授的书房。焕金一去，教授就搁下他手中的活，给焕金讲知识、讲许多故事。

教授给焕金讲了绘画的常识，叫她也学着作画。

在教授的指导下，她作一幅荷花的小品。桌面上一方毛毡，宣纸铺上去，用镇纸压好了边角，几笔淡墨抹去，教授叫着稍晾了一下，用浓墨画了叶子的茎脉。笔尖上的浓墨再稀释一下，画出了荷叶的边子。一片蒲团一样的叶子展了开来，嫩嫩地颤颤地浮在湖面上。

教授又叫焕金大着胆，一笔画去，是湖水中伸出的枝干，撑起了画好的那片叶子，犹若雨盖一样。另一枝上又画了一个高高指天的荷花箭。缘着一条条枝干再点上一排排小小的黑点来，有嫩翠的质感，装扮出亭亭玉立的姿态，显示着一尘不染的高洁。

焕金画好了，教授观赏着，满意地笑着说："作画与做人一样，画的意境就是人的心灵。"

有一天焕金又画了一幅，苍柔的枯藤上，新节边悬了一个深藏着奥秘的葫芦，笔触圆润朴拙。

那天金元也来了，他看着焕金作的画赞赏了一番后，玩笑地说："你那葫芦里是什么药？"

焕金笑着说："你猜啊！"

教授风趣地说："还猜什么？一定是灵丹妙药。"

说着话，大家开心地笑了。

有一天教授给焕金讲了他那星星点点的往事。

教授出生在天府之国四川的达县，他的父亲从事布店生意发家，置办了一些田产，后来就成了地主。他八岁时父亲送他进入当地的私塾，接受启蒙教育。他十岁那年的暑假在张鲤庭的"暑假补习班"学习，听了关于国耻事略的讲课，知道了帝国主义列强侵略中国的历史，这些事激发了他的爱国之志。

后来他上了县立小学，在课堂上听了进步老师讲的《陈独秀文存》《胡适文存》，受到了新思想、新文化的熏陶。同时，他参观了一些进步的画展，喜欢上了绘画习作。

中学时，他有幸听唱《国际歌》《少年先锋队队歌》，少年时就树立了远大的抱负。在学校里他常常在课外借阅《创造周刊》《洪水》等"创造社"出版的文艺刊物，接受了进步思想。

北伐战争时期，他就读于四川美术专门学校。十五岁的他，就与同学一起在成都公园"通俗教育馆"举办了通俗画展。画展上展出了他的创作画《街头——人力车夫》《示威》等大众乐见的进步画。他的画受到广大观众的赞赏，这在他的心里留存了大众美学的火种。

北伐受到了挫折，他和学校的部分进步学生上街张贴自己创作的漫画，进行反对军阀、拯救危难中华的宣传。

焕金听着，心想公公从小就是一个勤奋学习、敢于斗争，在时代的洪波中勇于踏浪直前的人，难怪他后来在学术事业上很有发展。

她情不自禁地说："爸爸真是那个年代里新青年的榜样！"

有一次教授给焕金讲了一件事，使她听了既惊心动魄又精神振奋。

九·一八后，日军对华侵略，中国大片土地沦丧，中国人民惨遭杀害凌辱。

七·七事变后，教授在西南美术专科学校任教。日本的飞机天天入川轰炸，激起了四川民众的抗日热潮，川军出关抗战，为保土救国奋勇杀敌。他们宣传募捐、支持抗战。

　　他与漫画家谢趣生、张漾兮、车辐等人组织四川漫画社，积极开展抗战宣传活动。他们绘制了街头抗日宣传画，在成都街头张贴宣传，市民观者如堵，对他们的举动纷纷赞扬，有的人主动拉线挂画，维护秩序。他们还举办了救亡漫画巡回展，去市区各县宣传，激发全国人民的抗日激情。

　　除了街头宣传，他们还精心制作了抗日宣传幻灯片，联系各大影院、剧院，在节目开演前，以放幻灯片、做讲演的形式进行宣传。他们投身到抗日美术宣传活动中，积极地宣传抗战理念，激发民族的正义感。宣传就是战斗，宣传就是斗争，抗战宣传是直接与汉奸、日伪特务进行殊死的斗争，斗争威胁了那些反日派、假抗日派的利益。

　　每次画展展出，他们几个人都亲自去布展，现场讲解，揭露日本帝国主义企图侵占我国土、亡我中华的狼子野心的形象；声讨丧心病狂的日本鬼子践踏我国土、杀害我同胞的滔天罪行。同时用形象直白的漫画、义正词严的宣传揭穿汉奸、日伪特务的丑恶嘴脸。所以每每展出与放映都会招来特务的破坏与盯梢。

　　有一次正在街头展出，展版突然着火。为了灭火，他们几个主办者都被大火烧伤。纵火者被群众当场抓获，扭送到警察局。没过两天就被政府里的某个人出头露面弄出去了，据说是汪伪的人。

　　宣传展版都是自己筹措资金和民间募捐做成的，再做出来可要花费不少工夫与资金。他们还是不遗余力地去干，坚持展出和宣传，发出民族的呐喊。

　　宣传抗战，宣传进步思想，反腐败，清政治，呼吁民族团结一致抗日。他们的宣传被特务机关视为赤色宣传，他们受到了特务严密监视甚至抓捕。

　　他被特务跟踪了，有一次在一家影剧院放幻灯片，放映前他作了激情高昂的抗战演说。演说完毕走下台来，影剧院大厅的顶灯关闭了，幻灯机的一缕光束投射在映幕上。他走过乐池，从乐池里出来两个礼帽短褂的黑衣人，两支短枪顶在了他的肋下。

　　一个黑衣人说："我们知道你是谁，请你跟我们走一趟。"

　　他被押着从影剧院的人行道上通过，座位上突然闪出一个人来，一脚将一个特务踢翻在地，一手扭住另一个特务拿枪的胳膊，那枪打在大厅的天花板上。

枪声一响，影剧院的大厅里乱成了一团。

那人拉了他，说声快走。他们趁乱挤出了影剧院。

在街上分手时，那人说："你是新青年的好榜样，有你们，中国就有希望。"

他问那人："好汉贵姓，是干什么的？"

那人说："姓丹，与你干同样的事。"

那人走了，精干得侠客一样的身影消失在了夜色中。

第二天西南晚报发了一篇谴责特务闹事、破坏抗日宣传的评论员文章。同时日报上刊发了一篇署名单字丹的作者写的题为《是夜目睹之怪现状》的文章，文中将事件的经过描述得淋漓尽致。连那两个特务的名字都点在了文章中，呼吁全社会声讨特务的罪行，指名道姓地要叫警察局惩治那两个破坏抗日宣传的狗汉奸。

一篇文章出来，社会上闹得沸沸扬扬，学生游行，工人罢工。政府不得不下令警察局出面查处，抓了那两个特务，说是审理后要收监判刑，还要挖出幕后指使的人。

幕后的人挖出来是要有个过程的，这两个人当替罪羊是定了的。

这事之后，他们的抗日宣传又比较顺利地进行了一个阶段。

焕金听了说："爸爸，那幕后肯定是有大汉奸的！"

教授说："是啊！"

焕金说："那个救了你的，到底是什么人？你以后有没有见过他？"

教授说："我说不清他是什么人，丹，肯定是他的化名。不过当时我想，丹，一定不是一个人，他们是一群人，一群有组织的人。他们是有意在保护我们的抗战宣传，因为他说和我们搞着相同的事。我心中有了这个数，就又大胆地去搞我们的宣传，将日本鬼子赶出中国是我们的最终心愿。"

焕金说："爸爸真了不起啊！"

又是一天，教授给焕金讲，全国解放时他去了香港又回到了北京。

这是1949年的事。

这一年的五月，"新人文学术研究社"正式出版了他的第一本美学专著《新美

学评论》。这一学术专著的出版引起了各党派注意，国民党重庆当局将他列入遣送台湾的社会科学界人士名单中，他知道后，找人解释不愿赴台。虽经多方努力，但未被许可。

一天，共产党成都办事处的同志约定与他秘密见面。

这是一位西装革履的中年人，那人说："我党很重视先生的学术研究成果，对先生前些年宣传抗战的爱国行为也很钦佩。"

教授说："抗战那几年，宣传抗战是每一个爱国青年的本分。比起在抗战中浴血奋战、做出了牺牲的战士，我们的付出是微不足道的。"

那人说："中国共产党认为知识分子，尤其是学者是国家的财富，我党尽全力保护你们，希望你能留在大陆，我们一道迎接全国解放。"

教授很高兴，欣然答应了地下党同志的请求，明确表态同意留在大陆迎接全国解放。

他的去留问题，国民政府重庆当局非常关注，当局察觉他留意已决，他的决定还影响了部分人的去留，因而被视为危险人士，被特务机关列入秘密杀害的名单中。特务控制了他的行动，等待捕杀的命令。

当时形势非常严峻，共产党制定了营救计划，设法营救。

一天夜里，特务们接到逮捕教授的秘密命令。成都的天气正是暴雨频发的季节，此时正值一阵暴雨，所以特务的行动迟了半步。共产党将教授成功地营救了出来，即刻从成都转移到重庆，又从重庆护送到香港。

在香港滞留期间，他参加了港九美术界为迎接广州解放，由数十人集体创作的毛主席巨幅漆画画像的展出活动。

十一月在中国共产党人的护送下，他乘船到天津，转至北京，到北京后受到新中国政府和党中央领导的热情接待。

教授讲后，焕金说："你回到北京就安全了。我听你说着都提心吊胆的。"

教授说："是啊！回到北京就安全了，我也平静安稳了。"

教授又说："我是很幸运的，可当时在北平的我的朋友、大学教授尚子卿，在国民政府制定的将部分在学术界有声望的学界鸿儒、京华学人送往台湾的所谓抢救计划的'南迁'行动中，由于他坚决不离开北平，被捕入狱。虽然北平地下党多方营救，但由于警方戒备甚严没有成功，最后遭迫害致死。可怜他唯一的女儿，也受牵连惨遭杀害。"

教授说着，泪流满面。

焕金听着也掉下了眼泪。

焕金问："那你后来呢？"

教授说："当时我被分配到华北大学政治研究所，过了些日子又被派往华北革命大学政治研究院学习。第二年八月在政治研究院学习结业，就直接分派到甘肃。"

焕金说："噢！"

焕金想，公公的经历是如此地曲折，他的人生又无比的光华。他在美学研究上的每一点成果、他在社会活动中的每一次参与，都证明了他的大美人生。

多年来，教授孜孜不倦地研究美学，发表了很多在二十世纪中外美学研究中的重量级论文，他对大众美学的研究独树一帜，并被学术界誉为大众美学的开拓者。

第十七章　那个雨夜的瞬间

回忆往事历历在目，那个雨夜，不寒而栗。

那一天夜幕降临，是一个恐怖的夜晚。军统派出的特务队去捕杀教授，共产党派出人去营救。

那个雨夜的瞬间，那么恐怖，那么短。亲人的分离来不及流泪，又那么现实。分离是为了活下来，你要革命，革命就有原则。

几天来，军统的特务暗哨就盯着教授的门口。

教授说："我这一次恐怕是走不了啦。"

妻子说："我一定想办法，送你安全离去。联系你的人，我想不会有问题的。"

妻子将有些话咽进肚子里。她的真实身份是不可以告诉丈夫的。她与组织的联系是单线的，她不认识，也无法去证明那些联系丈夫的人是真是假。但这是唯一的希望。

那个夜晚，暴雨突然来临，教授走出家门，拎了一个小皮箱，冒着雨，冲着黑影匆匆离去。

特务队尾随教授，那个特务队长心想，他那个妻子没有跟出来，这太好了。要不，有她在场。我那几个人，谁是她的对手？

黑夜里，教授的动作还是很快捷。

特务队长伺机下令抓捕，但教授灵活的躲闪，使特务队长找不到合适的时机。三转两转，偌大一个成都市，街巷纵横，特务队长也觉得像入了迷宫，在捉迷藏。

他们追着教授转来转去，到了保密局门口。特务队长觉得时机到了，刚要发话动手，可教授一个箭步进了保密局的大门。特务们看得很清楚，教授脱下礼帽时，门岗还给敬礼。

　　特务们在保密局对面的黑影里守候了好一阵子了，队长才恍然大悟，那不是教授。

　　他们跟了半夜，又说不出口。队长只有给部下压话，说是突然来的暴雨搅了局，共产党救走了教授。

　　雨夜里特务队上了当。

　　好个伏秋！

第十八章　伏　秋

元本《乐府群珠》中有张云庄中丞的《中秋》曲：

> 一轮飞镜谁磨，
> 照乾坤映透山河。
> 玉露泠泠，
> 秋空洗净，
> 银汉天波比常夜更多。
> 伏秋梧桐影婆娑，
> 夫子高歌，
> 为问嫦娥，
> 良夜恹恹，
> 不醉如何。

《玉台歌咏》一曲：

> 梦断陈王罗衫，
> 情伤学士琵琶，
> 又见西风换年华。
> 数杯醇酒，
> 一曲伏秋，
> 行人天一涯。

焕金的婆婆名杨伏秋，伏秋这个名字是很有诗意的。伏秋给焕金讲过她曾经的故事。

中华人民共和国成立前，伏秋在成都保密局做事。保密局的机要室可不是谁想进就可以进去的地方。伏秋是延安通过特别关系打入敌人内部的特工。伏秋在委员长侍从室待了两年，后调入保密局。

伏秋眉如新月，目光灼人，一双大眼睛里像燃烧着火苗。在保密局的机要室里，她是目空一切的人物。可在丈夫和孩子们跟前，则是贤妻，是良母。女人就是这样，有事业有信仰的女人更是这样，这就是情。

情为何物？情这种东西是天性。就正常的男女之间而言，情窦初开，是说少女刚刚懂得了爱情时的心态，这像一个含苞待放的花朵，淡淡的颜色中深藏着向往美好的愿望。与人相爱了，就成了情侣。情歌原本是唱给自己心中的那个人的，这情是很甜纯的。舞台上的情歌甜是够甜的，谁听了心里都美滋滋的。纯的味儿么，可荡然无存了。情的辞条中有一个情话，那可是实实在在发自心里的表白。情思有甜密的，也有很苦的。

情是多种颜色的，是很复杂、也很多变的。客体使你变就得变，信仰是客体管着的主观，形势当然是客体。

后来伏秋还是迫于形势了。

……

伏秋高挑身材、精干麻利，穿什么衣服像什么人，旗袍、绣鞋、时髦的秀发披在肩头，腕上挎一个时兴的巴黎女包，俨然是显贵家族的阔太太或是小姐的样子；礼帽、墨镜、西装、筒靴，谁能看出来她不是个风流倜傥的帅公子？月色里，紧身夜行衣、蒙面、皂巾，是一个飞天大侠；少校服装、英姿飒爽，同科室的人都要敬畏三分。

就是这个伏秋，忠诚于中国共产党，为无产阶级革命的决心稳如磐石。

伏秋利用自己的合法身份，工作之便，为延安秘密发送了许多很有价值的情

报。

解放军进军大西南时，她那一点一滴的心血和汗水，使党和军队减少了许多许多损失，为解放大西南的战事做出了巨大奉献，然而这一切都是默默地藏在她的心里。她说过，她只是浩瀚的革命洪流中的一滴水珠，巨浪千里，她紧跟着，涛声雷鸣，她且无声，是用心来相和。

解放前夕，震撼川江的华蓥山游击队，为了配合解放军入川，急需一批军火。组织通知，要她想办法尽快搞到五十支冲锋枪，两万发子弹，十个掷弹筒，四十箱炮弹，还有通讯器材、药品等。由地下党成都地方工委配合运往广元。

这是一项非常艰巨的任务。

伏秋是搞机关工作的，这方面的门路几乎全无。组织上考虑，叫她动用周边关系完成任务。

伏秋接受了任务。

伏秋在军统有一个朋友，名仇剑，是专办军需的参谋，上校处长，为人正直。

仇剑中等个头，小伙子长得虎头虎脑，目光深沉，办事很是干练。他的父亲仇作堂是抗日名将，时在中央西南第九集团军中任职，其文韬武略很受蒋委员长赏识。正因为这样，仇参谋在机关上很受人抬举。

伏秋晚上约仇剑吃饭。

伏秋说："我急需一笔钱用！现在这样的形势，地方上无名武装层出不穷，他们都需军火。有一桩到手的买卖，可赚一笔钱。想请老兄帮个忙，你看怎样？"

仇剑是个聪明人，他知道伏秋是什么人，虽然各有各的信仰和政见，但他们是很要好的朋友。仇剑对时势有明确的认识，他知道当今中国共产党民心所向，国民党执政弊端太多，天下早晚是共产党的。伏秋要做买卖肯定是个幌子，不明说了，对谁都方便，他便答应了伏秋。

第二天，仇剑去成都警备师找军需主任曾越，和曾越商量，调拨部分武器和军用物资给绵阳守备旅。

绵阳守备旅的旅长是一个贪财的人，他以三七分红的重利答应了合作，并约定货到绵阳直接送往三台，那里有人接货。

货送到三台是伏秋和成都地下党工委的同志计划好了的，因为从三台北上剑阁去略阳有一条不在地图册中的茶马古道。古道艰险难走，但可以避开从绵阳直去略阳的那条公路。公路上重重设卡，就是一颗子弹也带不过去的。

那天成都工委派人送来购枪的经费，伏秋约仇剑见面。

一个工委化装成商客，带着一个伙计，那伙计肩头上搭一个褡裢，褡裢里是银票、金条和一些法币。

仇剑按说好了的数目收了购枪的银票和用来打点的法币。伏秋将两根金条给仇剑，仇剑硬是不收。

仇剑说："我能为你办好这件事，我就很乐意。这个我实在不能收！"

仇剑心想共产党为人民打天下，实在是不容易。他虽不是共产党的人，但他心向人民。

伏秋也心照不宣地顺了仇剑，说："谢谢！"

随后伏秋又将那两根金条交给了工委的人，叫带回去交给组织。

那天晚上，伏秋护送工委的那两个同志出城时，被军统的特务队盯上。在难以脱身的情况下，双方都动了手。几个特务哪里是伏秋的对手？

伏秋对工委的同志说："这里交给我对付，你们带上东西快走！"

工委的同志还要帮着伏秋。

伏秋说："赶快走！你们暴露了，大事就砸了。"

工委的同志不得已，只有离去。

伏秋挥枪击中一个特务的手臂、另一个特务的腿。她凭借街面上的建筑物作掩体。隐身、换位，想迅速撤离现场。

伏秋心想，那些特务中可能有人认出了她。不要打死他们的人，一旦有事就好周旋。所以，她手下留了情。

但特务队围了上来。

伏秋脱不了身，就只有诱引他们到市郊，再伺机摆脱。黑夜里，特务们走散了，但有两个人对伏秋还是穷追不舍。在一片丛林里的空地上，那两个人将伏秋夹在了中间。伏秋心想，她要开杀戒了，要不然，她就死定了。

伏秋斜身挥臂，向着那个领头的人虚晃了一下，双脚蹬地，悬空跃起，扭动腰身一个旋风转，鲤鱼击浪，双脚横空划去，那个特务部下躲闪不及，被伏秋的飞脚击杀。

伏秋转过身来，与那个领头的成了对峙之态。

那个领头的人是重庆军统局的特务队长阿荣，这人武功过人，心狠手辣。他从眼前夜色里闪过的水蛇一样娇美，山鬼一样迷离，电闪一样乍然的横空腰身，似乎认出了她是谁。他想，果真是她，是他遇上了硬茬。

伏秋是确认了对手。

两人碰到一起，阿荣的铁拳频频出击，伏秋用金钢肘左右相抵着，伸出九阴掌，也是上下轮番劈来。几个回合之后，伏秋抽身下蹲，一个旋风腿扫过，阿荣急忙跳起躲过。阿荣也来了个鸳鸯击水，那只腿横扫过来，但也落空。两个人都罩在双方扫腿飞脚刮起的土雾里。

接着阿荣的饿虎扑食落了空，伏秋的燕子跺也因阿荣的躲闪，擦着他的胯旁滑过去，将那棵数寸径的树杆劈为两半，吓得阿荣一身冷汗。

又是几个回合不分胜负，困兽犹斗，他们都拔出枪来，对准了对方的面门。

这时候各人的心里就都不存侥幸了，各自想着干了这一行，这样的结局也是如愿的归宿。

突然一个黑影人凌空飞来，那人一个单漫子提，两只伸起的飞脚将双方手中的枪踢了出去，只听得劈啪之声，横空射出两道交叉的光来。那黑影又一个硬绞柱，将阿荣踢翻在地。黑衣人将要去拉伏秋走时，特务队的人闻声围了上来，伏秋只有假装昏死现场，黑影人抽身遁去。

阿荣和伏秋都被送进医院。

伏秋醒过神来，心想是谁救了她的命呢？是地下党？不像。是仇剑吗？也说不清。

阿荣也醒来了，但他似乎是失忆了，当时的一切在他的大脑里是一片空白。

按照军统特务队其他人员的证词。几天后伏秋入狱。

特务们向上司汇报了当时的情景，咬定与两个身份不明的人在一起，并开枪打伤他们执行公务人员的就是保密局的伏秋。

军统勘察现场，两个人的枪都被找了回来，除了死者似乎还有第四个人，但这人是谁就查不清了。

伏秋被戴上了通共嫌疑犯的帽子。

那批军火和物资如期送出，顺利到达。可伏秋被军统抓捕了。军统用了酷刑，伏秋矢口否认通共，只说是与军统的冲突纯属误会。

伏秋陈述，她那天夜里有事外出，在回住处的路上，发现两个行踪可疑的人。她正在盘问、准备诱捕时，被来路不明的一伙人干扰。她以为他们是同伙，就开枪射击，脱身逃走……

组织上想了多种办法要救出伏秋来，可都没有成功。

其实，那天晚上救了伏秋人就是仇剑。

仇剑通过父亲仇作堂的关系，将伏秋的事情说到了委员长夫人宋美龄跟前。宋美龄念其在侍从室时忠心耿耿，有一次委员长生日，她还跳舞助兴，很受委员长赏识。就以证据不确开释，伏秋被保住了性命。

军统的仇参谋力保，仇作堂托人说话，伏秋就被释放了。

释放后的伏秋，卧病家中。

成都遂即解放。

伏秋没有死在军统的监狱里，可给后来的人留下了问号。

知道伏秋身份的一些人在战争中都牺牲了，伏秋带着难鸣的冤屈进了自家人的监狱。

她深信事情会弄清楚的。

她终于得以昭雪。

1969年恢复了她的党籍，后供职省政协。

第十九章　梦

一天教授阅读屈原的作品。

他在书桌前看了一阵，站起身来来回地走着，情不自禁地高声朗诵《离骚》中的句子：

> 朝搴阰之木兰兮，
> 夕揽洲之宿莽。
> ……
> 杂申椒与菌桂兮，
> 岂维纫夫蕙茝？
> 彼尧、舜之耿介兮，
> 既遵道而得路。
> ……

教授又自言自语地说："美啊！屈夫子文中所言之美，正是我意中的美，天成的自然、纯朴的事物，不正是大众的美吗？木兰、申椒、菌桂、蕙茝，这些香草香花，都是大自然所造。造物者赐于人间的是无雕琢、无粉饰、纯粹的美。夫子用香草比喻尧、舜的美德，这也是大众心中仰慕所在。"

他又吟诵了几节：

> 余既滋兰之九畹兮，
> 又树蕙之百亩。

畦六夷与揭车兮，

杂杜衡与芳芷。

……

朝饮木兰之坠露兮，

夕餐秋菊之落英。

……

制芰荷以为衣兮，

集芙蓉以为裳。

……

教授反复吟诵着，品味这诗中的美。

那天晚上教授做了一个梦。

教授悠悠忽忽地离开了自己的住处，朦朦胧胧地去了一个地方。那地方香草丰茂、花艳柳绿，他正在这大美的环境里徘徊，远处来了一位西装革履、身披淡青色风衣的人，那人步履轻盈、风度翩翩。近了，原来是郭沫若先生。

沫若上前笑着说："噢，原来是教授！你今天怎么有空到这里来？"

教授说："今日出门糊里糊涂地走着，就来到了这个陌生地方。"

沫若说："噢！"

教授说："沫若兄，你可知道这里是什么去处？"

沫若说："这是楚国的地方。"

教授说："原来是屈夫子的故乡，难怪这里遍地生长着香草、香花。夫子那些诗中也是香草、香花连缀，一畹一畹的，一亩一亩的。"

沫若说："上古时神农氏偏爱这个地方，将香草、香花的种子向这里多撒了些。屈夫子整天里在香草、香花的地上踱来踱去，所以他写出来的诗就有了香花的色彩、香草的味儿。"

教授说："我说是，只有在大美的环境里，才能写出绝美的好诗来。"

沫若说："那倒是。就像你这美学专家，说话中也少不了那么多大美、绝美的

词语。"

教授说："俗美，俗美，我那是俗美，沫若兄见笑了。"

沫若说："啥俗美？民俗之美，就是素美，你研究的才是至高无上的大众美学。"

教授说："沫若兄过奖了。"

沫若说："教授既然来了，咱们就去找屈夫子聊聊，好吗？"

教授一向是很敬重夫子的，沫若说了，他自然高兴。

教授说："好，好！"

他们去了屈夫子住的地方，远远看到一个女子在门前的花园里培埂理株。近了，原来是夫子的学生婵媛姑娘。

婵媛看见他们，放下手里的花锄，迎了过来。

婵媛笑着拱手说："二位先生好！"

沫若说："几天不见了，婵媛姑娘长得更漂亮了。"

婵媛红了脸说："沫若先生就是玩笑多。"

随后沫若给婵媛介绍了教授并说了来意。

婵媛听了沫若的介绍说："初次见教授，婵媛有礼了。"

婵媛说着，两只手抱在一起，放在左边腋下，行了个礼。

婵媛眉如卧蚕，唇似胭脂，齿比列贝，额上刘海齐眉，青丝梳往脑后，结一根长长的辫子，拖在腰际。耳旁是白果大小的硬红镶金坠子，这打扮越显得她面如满月，眼似秋水。

婵媛身着一件红青缎子拼的夹衫，腰间束了一条橘黄丝带，水红洒花夹裤，裤脚挽起，佼佼风韵带着憨憨的美。

教授对婵媛着实审视了一阵，从她的身上发现了自己的美学理念中理想的亮点。

婵媛领着沫若和教授进了屋内。

他们见了夫子。

屈夫子面目清秀，美髯三须，目光如星，身上是华美的左徒礼服，头上是切云高冠。

　　夫子招呼二位坐了，婵媛煮水沏茶。

　　沫若给屈夫子介绍了教授。

　　夫子说："久仰教授大名，教授可是美名远扬的美学大师。"

　　教授说："我与夫子的诗句日夜相伴，每每读来，为夫子诗中的美意激荡，今日见到夫子，真是万幸！"

　　随后他们谈了一阵夫子诗中的美学理念，甚是欢心。

　　沫若说："教授初来这里，夫子可否有空陪我们各处走走？"

　　夫子说："可以，可以！我闲着没事，朋友来了，理应陪陪。"

　　教授甚是感激，说："我来这儿，觉得到了世外仙境，就是想走走看看。"

　　夫子说："那好！"

　　夫子安排婵媛引路，大家边走边看，评说这人间天堂的大美。

　　走了一阵，香草夹道，绿茵如染，已经到了洞庭湖边。

　　夫子指着前方说："你们看那正是湘君的住处。"

　　夫子歌曰：

　　　薜荔柏兮蕙绸，
　　　荪桡兮兰旌。

　　教授看时，见远远一根高高的旗杆直插云霄之中，用蕙草做成的绸子缠绕着，一面薜荔香草的大旗迎风飘扬。另一根旗上曲柄悬帛，旗杆上缀着羽毛，芷兰的大旗在风中舒卷。

　　夫子说："我们可去他那里看看。"

　　沫若说："湘君托我一件事，我还没有办妥，今日去了，话就少了。改日再去讨他的水酒如何？"

　　夫子说："也好。"

　　还是婵媛引路，他们边说边笑走了一阵，来到沅江澧水的边上。

夫子指着说："你们看，那门前种了好多花草的，就是湘夫人的屋子。我们去她那儿。"

沫若和教授都说："好！"

夫子遂吟道：

> 百合草兮实庭，
> 建芳馨兮庑门。

婵媛领着他们见了湘夫人。

湘夫人柳眉凤眼，一副仙人的容貌，雍容华贵，似王母的神态，春风善面有菩萨心肠。秀发如染，头上褐色观音披，凤羽围上霞色霓光。素色绣袍，束腰微露仙躯，云带绕肩，在微风里袅袅飘舒。

湘夫人是很好客的，遂让来人进了一间彩绘得很别致的屋子。

屈夫子在屋子里环视了一圈，又吟了几句诗：

> 筑室兮水中，
> 葺之兮荷盖。
> 荪壁兮紫坛，
> 采芳椒兮成堂。

> 桂栋兮兰橑，
> 辛夷楣兮药房。
> 网薜荔兮为帷，
> 擗蕙櫋兮既张。

> 白玉兮为镇，
> 疏石兰兮为芳。

芷茸兮荷屋，

缭之兮杜衡。

……

湘夫人笑着说："夫子诗兴即来，把我这屋子美化成神仙洞了。"

沫若和教授说："夫人的椒房本来就是神仙洞么！"

湘夫人叫婵媛帮着她摆上酒宴。

湘夫人把盏款待三位贵宾，主宾谈笑风生，话天地万物，言宇宙轮回，大家甚是高兴。

酒过三巡，夫子给婵媛说："我看教授不胜酒力，将我这切云冠给他戴上，你再劝他一杯，叫他如我也疯上一回，却不可多劝，一杯足矣。"

婵媛拿过切云冠来给教授戴了，教授说："我这不也成了夫子吗？"

婵媛笑着说："是啊！"

婵媛遂劝教授饮了一杯酒。

众人酒酣而归，教授在酒意中沉沉地睡去。

天亮时醒来，那梦中的人和事，似真非真的，留在他的心中。

第二十章　桃　丹

辰与桃丹的认识也很是有缘。此前各单位的人都忙着自己单位上的工作，很少往来。文化大革命搞串联，县城里各单位的人也就有些认识了。

学校里的师生分成了两派，辰所在一派的指挥部就设在桃丹单位的办公楼里，占了整整一层楼的房间。辰是这一派被学生结合的教师，说是结合，其实是跟着学生每天学习报纸上的一些文章，帮着学生文章套文章地抄抄写写。

那两年，学生停课闹革命，老师就闲了。

一天辰去指挥部，和他的学生致怀坐在院子的台阶前闲聊，院子里迎面过来一个女青年。远处看去，那女子穿一件解放军女兵的上衣，细方格子的棕色筒裤，头发扎成两个短辫。微短的上衣，显出两腿修长。

那女子一直走来，步履轻盈，筒裤的边儿在微风里翻飞。

致怀对辰说："老师，你看，那是地区公路局长的女儿。"

辰说："噢，我说哩，像个红五类千金。"

正说着，那女子已到他们跟前。女子身段标致，体态丰满，手中端着一个铝制的饭盒，微微笑着，脸庞上露出一个窝儿，目不斜视地直冲致怀打招呼。

那女子说："致怀，几天没见，在忙什么？这会儿怎么又闲了？"

致怀说："还不是在搞那些材料，这会儿出来放放风。"

那女子揭开饭盒，端到致怀眼前。

致怀说："啊！好香。"

那女子说："你尝尝。"

致怀说："尝什么，改日你请客就是了。"

那女子说："好啊！那你们在，我走了。"笑着回头看了辰一眼，就算是给他们两个人打了招呼，转过楼走了。

致怀说："她叫桃丹。"

桃丹走了，给辰留下一个说不清的印象。她冲着致怀目不斜视的样子，是单纯还是古板？她跟致怀说话时，对辰的冷落，是孤傲还是沉稳？

她临走时那句话中不热不冷的"你们"和礼仪性的一笑，是涵养还是虚套？

好一个桃丹，这桃是甜还是涩？

过了两天，是一个星期日，致怀约辰去他所谓的办公室并住处的指挥部玩。不知为什么，辰欣然去了。心想，再见到那个冷落他的桃丹，是躲呢，还是……

辰去了，致怀一个人在，招呼着老师坐下来，给他倒了一杯开水。

坐下来后，致怀说："我今天约了两个人来，咱们玩纸牌。"

辰说："我这水平，只是和熟人凑凑热闹，你叫人来，我哪敢玩？"

致怀笑着说："都是熟人。"

辰想，这里哪来熟人，莫非约了他的同学来？辰正在狐疑，楼道里传来女子的说话声和咯咯的笑声。辰一听就是前天的那个桃丹了。

敲了一下门，致怀过去开了虚掩的门。门开了，进来两个女子。她俩都穿着淡石绿的公路夏装，服装贴体，线条舒朗。桃丹将前天的两个小辫散去了，在脑后扎了个雀尾。

那个稍大一点的女子说："噢！有客人。"

致怀说："是啊。"

辰有礼貌地站起来，笑着招呼来人坐下。

致怀给她们介绍说：这位是我的班主任老师，辰。接着给辰介绍："这位是兰嫂，这一位是你前天见过的桃丹。"

桃丹看着辰说："哇！好年轻，还是致怀的老师哩！"

辰也打趣地说："是吗，年轻？就别叫老师了，叫老哥啊！"

桃丹自知她这话说过分了，笑着弯下了腰。心想，这老哥是她的一句话挑起的，真是太唐突了。

兰嫂笑着说："老哥是老哥，可看给谁当老哥呢！"

致怀说："我可不敢叫。"

桃丹红了脸，向兰嫂的腰际捣了一下，只是笑。

致怀张罗着开始打牌了，打争上游，致怀和桃丹是一方，辰与兰嫂是一方。

致怀和桃丹旗开得胜，一直打到七。打得辰与兰嫂落花流水，可谓焦头烂额。

在对方打八的时候，辰与兰嫂总算赢了一局。这一牌兰嫂的手气出奇的好，主多点大。接下来又连赢两局，都是兰嫂的出手。就在新一局的牌揭到手时，辰发觉桃丹轻轻地用脚尖碰了几下他的脚。他斜过头去，桃丹将几张牌从桌下给他塞来。他连忙接住，搅在手中看时全是主牌和大主。辰又悄悄地换给她如数的杂牌，又胜了一局，得手于辰。就这样辰连连得手，反以打九取胜。

致怀说："老师毕竟是老师，学生甘拜下风。"

兰嫂对桃丹说："你看你这老哥，藏而不露，欲擒故纵，把致怀给套进去了。"

桃丹掩面弯腰只是笑，兰嫂是深知猫腻的。

辰在想，这官家女儿好厉害，要你输，就叫你喘不过气来，直打得你人仰马翻。要你赢，你哪里能禁得起她的诱惑！就对着桃丹笑着低声说："你，特工似的。"

桃丹也会意地笑了。

从这起，辰和桃丹就认识了，熟悉了，话也多了，交往也多了。

有一天辰领着桃丹去见妈妈，妈妈很是高兴。

辰的母亲喜欢桃丹的单纯可爱、朴实勤快。更喜欢桃丹的活泼爽朗、体态健美，就高兴地答应了桃丹做她的儿媳。

也是致怀的撺掇和兰嫂的牵红，桃丹决定嫁给辰。

辰与桃丹要结婚了。

金元和焕金来贺。

辰与桃丹的婚礼是革命化的。他们请单位的领导、同事、朋友开一个会。领导讲了话后，主持人发了结婚证。叫新郎新娘互赠毛主席语录、唱一支语录歌，婚礼就结束了。

金元私下里问辰："谷女没有来吗?"

辰说："她去了很远很远的地方，嫁给了别人。"

又是一个花的春天。诗中"人面不知何处去，桃花依旧笑春风。"说的是怀友伤春。

金元写了几句：

    贪婪的时光永远贪婪，

    消逝了的，

    是默默的离怨、别恨。

    符木刻下的，

    岁月会将它熨平。

金元将文稿寄给了辰。

辰看后想，莎翁是看透了时光的，留给世人的是哲是理。金元兄是在安慰我。

辰写了几句回文：

    是啊！

    春永远是春，

    在贪婪的时空。

    刻在符木上的，

    岁月熨过了，

    一定还有痕。

    留着它吧，

    或恐在久远的梦中。

第二十一章　生活的记忆

过去了的事就像在梦中，点点滴滴塑造着人生。

岁月荏苒，光阴似箭。生活留给人们的记忆，有的似那松树的年轮，悠悠的曲线若蜻蜓点水的痕迹在镜湖的水面凝固了，记忆中是醉人的韵；有的可像松树的皮皲裂的皱褶，留在人心里的是永远揪心的苦涩。

焕金已有了三个孩子，一家五口人的生活仅靠金元每月六十余元的工资，用到这儿那儿就没有了，用到那儿这儿就接济不上。一家人的生活很拮据。

金元是一个事业心很强的人，熬夜备课，灯下写论文，往往是通宵达旦。日积月累，他得了眼疾。近来时时犯眼病，家里又没有多余的钱去治病，那眼病就愈来愈严重。

经过了六十年代初那次天灾的沉痛教训，这几年家里闲着的人可以出去打工挣一点钱，贴补家里的生活。

焕金就出外打零工。

有一次焕金去安定娘家，在回来的火车上认识了安定农机修造厂的女副厂长肖玉。肖玉四十多岁，是土生土长的安定人，她沉稳憨厚，待人热情，脸色红润，眼睛笑吟吟的。

从安定上火车，肖玉和焕金坐在了相邻的座位上。肖玉毕竟是干公家事的人，举止大方，说话很有礼貌。

肖玉说："这位妹子是出外办事，还是去走亲戚？"

焕金说："去安定转娘家，现在要回家去兰州。"

肖玉说："噢！家在兰州？"

焕金说："是的!"

两个人交谈中，肖玉知道了她名叫焕金，知道了焕金的家庭、焕金的娘家、焕金的过去和现在。

肖玉兼任兰州一家家电经销部的主任。这个经销部，名为家电经销，但业务比较单一，主要是经销安定农机修造厂制造的产品——家用鼓风机。

这种鼓风机有一个铸铁的外壳，外壳边上突出，是一个小小的电动机，电动机带一个叶轮，藏在蜗牛一样的铸铁外壳中。鼓风机通电了，风就从风嘴里柔和而均匀地吹出来，专供家庭炉灶用。鼓风机省电高效，居家户挺喜欢的，经销部的生意还好。

现在经销部里除了肖玉是主任，还有一个会计兼营业员的老师傅。人手少，忙得不可开交。

肖玉今天碰上了焕金，认识了她，也有了些了解。肖玉心想，招一个可靠的营业员，从安定去招，远离家乡，吃住都有问题。从当地招，掂量了一段时间，没有个合适的。今天可巧，碰上了焕金，是一个理想的人选，就看人家乐不乐意干这个工作。

肖玉想了一下说："我和你这位妹子还挺投脾气，你来我的经销部当营业员怎样？"

焕金听了高兴地说："那好，就不知大姐的要求怎样？"

肖玉说："干工作，诚实就行。我看你单纯憨厚，过去在宣传队待过，聪明伶俐，很适合这个工作。"

肖玉又说："每天八点准时开门上班，中午不休息，下午七点关门，盘点当日销售情况，盘点完也就八点了。时间是紧一些，做生意么，要给顾客方便。给你每月工资二十五元，行吗？"

焕金说："行！行。我干零工，每个月就拿十五、二十的，有时没有了活，一分也拿不到。这哪有不行的，上下班时间都行。"

肖玉说："那咱姐妹说定了，我给你地址，你把家里安顿一下，过两天来报到上班，这个月给你全月工资好了。"

焕金算了一下，今天是六号，就是明天去上班也要多拿六七天的工资，哪还能

再耽搁了！

焕金说："就说定了，我回去安排一下，就找肖玉姐。"

肖玉满意地说："好啊！"

肖玉给焕金留了经销部的地址。

焕金回到家里，吃晚饭的时候将事情告诉了金元。

金元也高兴，就是觉得每天的上班时间长，他清楚家里还有许多事是离不开她的，自己的单位上工作也挺忙。他说："好是好，可是你太劳累了，我心里真是过意不去。"

焕金说："只要有了这份工作，再累我也不怕！"

焕金第二天就去上班了，肖玉很高兴。肖玉安排会计大叔给焕金交待了一下工作，叫熟悉一下，就放手去干。

焕金很快就熟悉了业务。

焕金很勤快，嘴也甜，该叫大爷的叫大爷，该叫大妈的叫大妈。叫阿姨的，叫大嫂的，顾客都很满意。

焕金上班的两个月来，经销部的销售额有所增长，肖玉从内心里高兴，肖玉觉得她招收焕金当营业员，是招收对了。

焕金是肯动头脑的。经销部为了将生意搞活，规定中有个促销机制，就是每销售一台鼓风机，给营业员有2%的提成。可焕金将2%的提成优惠给了顾客。

人常说货比三家，大家都听说这家的货好，价格优惠，服务态度好。宣传出去了，就都来这家买货，生意自然就红火了。

肖玉知道了焕金销售额增长的秘密，对焕金更是器重。

焕金给肖玉建议，建立对顾客的购货档案，每个季度抽出一两天时间，走访客户，并售后服务。售出去的产品有毛病了，给免费保修一下，赢得顾客的信任，提高销售的信誉。

肖玉说："这固然好，但保修要从安定的厂子里调人来，费用下来，比保修几个机子的价都高，有点不大划算。"

焕金说："我想过，咱们的机子，电动机在出厂时都是经过严格检验的，不会有啥问题。一旦有问题，咱们是答应给客户调换的。剩下来就是线路与叶轮，线路不通了，叶轮的叶片不正了，我学学，一定会修好的。你看行不行?"

肖玉自然高兴，肖玉说：就这么办，把你想的写个报告给我，咱们开个会，通过了就形成制度。

有一天按规定的日子，焕金去青白石一家客户的家里走访。

那家的女主人说："鼓风机买回来的几天好好的，用了几天后就不行了，刚开始呼呼地吼，吹风也断断续续的。过了几天，响也不响了，风也没有了。娃他爸出外打工去了，等他回来去修，就得到年底。我没有办法，就只好又用那笨重的风箱，也太累人了。"

焕金去灶房里，拿过鼓风机拆开来看了看，是叶轮上一个叶片的固定件松动了，那叶片跋拉了下来，横划在机子的铸铁壳内。

焕金拆开了，拉出叶轮，一会儿就给弄好了。

鼓风机又嗡嗡地转了起来，女主人端水沏茶，感激不尽。

这件事很快传遍了青白石，青白石的农民都来经销部买机子，还表扬经销部的服务态度好。

老会计要回家了，肖玉叫焕金接替了会计。

焕金当经销部的会计期间账目清楚，税项明晰，市上进行财务大检查，焕金被评为先进工作者。

肖玉厂子里工作忙，有时候来不了经销部，就建议给经销部设了个经理的岗位。

过了些日子，焕金被任命为经销部的经理。

焕金当了经理，除了经销本厂生产的鼓风机，扩大了业务，还经销外地外厂的一些家电产品，有电热器、电热毯、电吹风、电灯。还有收录机、电饭锅、饮水机等。

商品的花样多了，进货的渠道复杂了，经销部用的人手也多了，营业员三个，加上会计、出纳，有六七个人。

焕金很注重做生意的理念，有一部日本电影《阿信》，影片宣传了一个做小本

生意的年轻女人阿信，她以薄利多销经营自己的小店，以诚信为顾客服务，使自己的生意愈做愈红火。

焕金从阿信的身上学到了很多宝贵的生意经。

薄利多销，在她经营的商品上尽量压低了利润的部分，出发点是顾客利益至上，当然也拓宽了自己发展的路子。

焕金跟兰州百货大楼的经理联系好了，叫她的营业员轮流到人家的大商店里实习一个阶段，第一是见见大世面，第二是学习人家工作上的责任性，并规范在柜台前接人待客的礼貌。

一天她派一个营业员去实习前，给大家讲了一个故事。

商场上营业员的职责就是为顾客服务的，顾客至上，一切为了顾客是营业员的天职。

日本一家卖珠宝的商店，有一个营业员在前一天的晚上受朋友托付，叫她从店里带买一只指定的钻戒。她上班去了，看到了柜台上仅有一只朋友指定的那个规格的钻戒。可商店有规定，如果这一天没有人来买走这只钻戒，她下班时才有权买它。如果这一天有人来买这只钻戒，就一定要卖给这个顾客。

就在这一天下班前的半小时里来了一位顾客买走了这只钻戒。她空手回去了，她将当天的事告诉了她的朋友，朋友不但没有责难她，还为她的敬业和诚信所感动。

有一天，一位顾客到经销部里来，问了电热毯的卖价后，随口说："怎么你们的货比黄河桥头那家店的贵？"

营业员将这话说给了焕金。第二天焕金派人去黄河桥头那家店买来了一个电热毯，她看了看，与自己经销部的虽不是一个厂家的产品，但尺寸规格、面料质量没有什么两样，她叫人拆开看了，里边的电热丝长短、粗细也都一样。她把两种电热毯插上电试了试，掐着表看了看，燠热的时间也都无明显的差别。

焕金意识到了进货的价位上一定有问题。她打电话问了别人进货的厂家，果真不出她的所料。她果断地决定压低自己经销部的售价，并叫采购员以后进货要多跑几家，比一比、看一看。

当经销部的经理两年了，焕金悟出了一套行之有效的促销方法，就是送货下乡。

农村是一个广阔的天地，可好多经营铺子都是坐等顾客上门。

一天，焕金就这个问题在经销部开了个研讨会。

会上焕金说："老人常说跑生意，就是说生意不能坐等。咱们要出去跑跑，做商就能遇到商机，做生意，就能把生意做活。"

焕金亲自领着人拉了一车子货下了乡。焕金在宣传队当过演员，这送货下乡就像演剧一样，用小喇叭宣传，还能随口编出几个吸引人的词儿来。放一支歌曲，讲一阵。

这方法挺管用，很快半车货就卖出去了。剩下来的半车货，她们叫喊了一下午，买东西的人也不多，有的人过来看了看说，他们想要的东西已经卖完了，剩下的他们不需要。

傍晚，她们只有拉着沉沉的半车货回来。

回来后焕金想了想，先派人下乡去各家各户走访，介绍商品，对农民家里需要的货进行登记，并预定取货的时间、地点。

下乡登记的人回来说："有好多农民登记了自家需要的商品，还都满意地说，这多省事，城里那么远，也不要我们跑来跑去了。"

回来的人还说："登记中，有个别农民犹豫再三，担心他们今天登记了，过两天变了卦，不想要了怎么办？这样的人能不能登记？"

焕金很肯定地说："可以登记，正常送货。人家变卦不要了，不能责难人家，要态度和蔼地说不要紧。这样人家想好了，下次还会登记的。"

就这样，这项活动搞了一个月，经销部的营业额大幅度增长。

有一天下乡回来的小王给焕金说："焕金姐，我这回下乡了解到了一个新的情况，有些农家很想要咱们的货，就是眼下手头没有钱，说秋后庄稼下来了才有钱。"

焕金想了一下说："先将货给他们，写一个字据，等秋后有了钱再付。"

小王说："这不是赊销吗？"

焕金说："是啊！"

这样下乡登记，定时送货，还搞赊销，大大地促进了经销部的工作。

肖玉特别赞赏焕金的经商理念、工作方法，将这个方法加以推广，农机修造厂的各样产品也下乡了，给厂子里赢得了很大效益。

肖玉将这事告诉了焕金。

肖玉说："厂子里的人都说焕金的这办法好，还给这个工作方法起了个名字，叫焕金理念。"

焕金笑着说："是么？农机下农村，那更是正理。"

肖玉说："是啊！"

社会是很复杂的，商海是一片风云激荡的海，有时候风平浪静，一帆风顺；有时候风云突变，浪打船舷。还要谨防狂风险滩，漩涡暗礁。这样才能稳稳掌舵，徐徐向前。

做商要诚信为首，还要警惕形形色色的诈骗。

有一天开会，焕金给大家讲了一例有人精心策划的商海诈骗术，要大家提防。

有一个做地摊生意的小摊贩，来了个陌生人从他的地摊上选购了十几枚普通的金属纽扣。每个纽扣小贩要了两分钱，陌生人付了钱。

陌生人问："再有没有这种同样的纽扣？"

小贩说："家里有一盒，五十枚，下午才能拿过来。"

陌生人下午去了，取了货，按价付了钱。

陌生人临走时诡秘地丢了一句话："这种纽扣里有一种很贵重的稀有金属，你如果再能弄一些，我每枚付五分钱。"并留了一百元的预定金。还说："你能弄到多少，我要多少。"

几天里这小贩去各处的地摊上收购这样的纽扣，有散买的有批发的。小贩花去了好几万元，购来了好多好多的纽扣，只等陌生人来取货。一天一天过去了，可是不见那个陌生人来取货。

焕金讲完了问大家："那个陌生人会来取货吗？"

小王说："不会。"

焕金说："为什么？"

小王说："那些搞批发的，一定是陌生人的同伙。"

大家说："我们明白了。"

焕金说："这就对了。"

焕金又说："一个地方上有这么几个上当的小贩，陌生人的生意就做大了。那些小贩就只有破产了，陌生人的用心真是险恶啊！"

大家说："是啊！"

小王说："我也听说，安定有一家单位购进了一大批食用清油，事后发现好多桶中只有半桶油，下边全是水。动了公安去追究，但卖主已经去无踪影了。"

焕金说："诈骗形形色色，做事一定要小心谨慎。"

焕金当经理的日子里，大儿子志中有时也跟着妈妈去，陪着妈妈给妈妈帮忙。妈妈给职工讲了大清朝胡雪岩的故事。

有一天胡雪岩去野外放牛，他把牛赶到草地上吃草，自己去不远的一个凉亭里歇一歇。走进凉亭发现亭子里有一个蓝布包袱，他上前伸手摸了摸，硬邦邦的，又掂了掂，分量很重。他打开一看包袱里全是金银钱币。

胡雪岩心想，这丢了包袱的人一定着急得要命，肯定在寻找包袱，所以他决定原地等待失主。

胡雪岩先把包袱藏到草丛里，然后好像没事一样，坐回那里等待失主。一直等到太阳快落山了，有一个人神色慌张地跑了过来，开口问："小哥，你有没有看到我丢下的东西？"

胡雪岩并没有直接回答，而是沉稳地反问："你丢了什么？"

来人说："丢了一个蓝色包袱。"

胡雪岩听他这么说，才继续问："里面都有些什么东西？"

那人把里面的东西一一说了，胡雪岩见他说得分毫不差，便将包袱取出来还给了失主。

包袱失而复得，失主万分高兴，于是从中拿出两柄金子，对胡雪岩说："这个给你，算是对你的酬谢。"

胡雪岩连忙拒绝说："不要，不要，这本来就是你的东西，我等你来取，还给你，我也放心了。"

失主听后大为感动，于是告诉胡雪岩："我姓蒋，在大阜开有一家杂粮店，你这么好的孩子在这里放牛可惜了，如果你愿意跟我出去，我收你当徒弟。"

胡雪岩说："我现在不能答应你，要回去问母亲，如果母亲同意的话，我当然乐意跟你去。"

蒋老板一听，觉得这是个难得的孩子。于是说："好好好，我把地址留给你，如果你跟母亲谈妥了，就来找我。"

胡雪岩回家以后，把事情的整个经过告诉了母亲，母亲听后十分高兴地说："你这么做是对的。这是个机会，你可以去。"

……

胡雪岩的诚实，使他平生有了多次直步青云的机遇。

一个人除了能把握机遇，还要能自己创造机会，胡雪岩就是这样。

焕金还讲过，在经商上，搞工作要有协作精神，相互帮助，就能搞好。商品经销不能无利，不能暴利，咱们得一点，要顾客能接受。

俗话说，让一让心中平静，退一步海阔天空。做人做事是一个道理，中国人就喜欢取个中，取个和。中当稳妥，和气生财，也是天合。天合者，上合天意下顺民意，是天衡之道，是中和之理。

妈妈的这些话，儿时的志中虽然还不懂得其中更深奥的道理，可这话深深地留在了他的心里。

第二十二章　与王洛宾结友的日子

1979年8月，金元在成都参加了诗歌创作学术讨论会。

会议期间组织大家去重庆游玩，金元他们来到山城，登上山城的最高处。放眼看去长江似一条飞腾的巨龙，白浪滔天，烟云滚滚。那条巨龙，一会儿裹在云雾里，只听见吼声如雷，一会儿穿过云团的罅隙，现出一身闪闪的鳞光来。远处的天尽头一轮红日滚动着火焰的珠子，巨龙一定是朝着那颗珠子飞去了。

巨龙拖着的尾巴甩过来，像要把这山城卷起。

金元放声高歌：

长江龙尾甩起来，
巴山蜀水好气派。
十二巫峰吼出怀，
天门中断楚江开。

长江龙尾甩起来，
龙的传人豪情在。
……

在场的众同仁鼓掌喝彩。

有一位诗人说："金元的诗好是气派，那龙尾甩过来，我们好像乘势跃上了那腾飞的龙背。"

另一个说："是啊！金元作诗，千里江陵就在脚下，巫山神女也在歌舞。"

125

又一个说："金元再吟几句，让我们共享。"

金元说："好！"

于是金元再歌曰：

> 长江龙尾甩起来，
> 仙人神女齐喝彩。
> ……

大家拍手叫好。

金元接着：

> 长江龙尾甩起来，
> 有头有尾龙入海。
> 长坂英雄新一代，
> 龙腾虎跃向未来。

金元即兴赋诗，引得同行诗人的诗兴大发，于是有的赋诗相和，有的也触景生情，高歌傲笑在山城的巅峰。迎风高歌，在青空里抒怀，在云里笑。

金元从四川归来的第二天。

校长领了一个人来见金元。

焕金迎接客人到客厅里。

校长说："金元，我给你领来了一位朋友。"

金元看那人，瘦高个儿，面容清癯，目光烁烁。一头丰茂的华发，留一点仁丹胡须，步履稳健，很是精神。

那人走到金元跟前，伸出手来与金元紧握着说："我读过你发表的歌词，你的歌词很有感情，很有气势。文如其人，今日得见，很是高兴！"

金元说："先生过奖了，小弟只是爱好，凑了几句，何谈气势！"

校长说："金元，这位是王洛宾先生。"

金元又握紧了手，惊讶地说："啊！是西部歌王，大名鼎鼎的洛宾先生，失敬，失敬！你的歌，我们可是从小就唱着，谁都是在唱着你的歌，寻求你歌中的姑娘哩！"

王洛宾说："是吗？金元弟可真有趣。"

大家笑着，让校长和王洛宾先生坐下来，焕金给客人沏上茶。

品茶中，金元说："今日见了洛宾先生，犹似一见如故。噢！我就叫你洛宾兄，好吗？"

王洛宾说："好啊！天下的歌者都是心灵相通的，都是以歌说话的。读了兄弟的歌词，我的心里就已经和你搭上话了。"

校长说："常言道，英雄见了英雄爱，虎豹见了虎豹亲，惺惺惜惺惺，此话不假。"

王洛宾说："那是，你我也是一样的。今天我又认识了金元小弟，真是三生有幸！"

金元说："今日有二位兄长来，也真是有朋自远方来——"

王洛宾接了话说："不亦乐乎！"

说着话，大家都舒心地笑了，很是爽朗，很是开怀。

金元说："闻说洛宾兄一向在新疆供事，是何事来金城？"

王洛宾说："兰州军区战斗文工团排演一部歌剧《带血的项链》，你老兄我是专程来兰州给这歌剧谱曲的。"

金元说："噢！"

王洛宾接着说："我知道你是英语专家，又善歌词创作。今日和校长来，是向兄弟你讨教，我要听听我的歌用英语唱出来是什么味儿？"

校长说："洛宾来就是此意。"

金元说："这好啊！"

金元用英语唱出《在那遥远的地方》并站起来，用手打着节拍。

In a far place I found a Lass charming and young
Her lovely tent when passed along one would turn round turn round and round

As the sun rising up at dawn her face red and round
Like the moonlight streaming streaming down her eyes're moving and fond

歌曲的韵律从苍穹中来，从茫茫的草原上飞来，带着牧羊姑娘心的弦音，带着小伙子心中羊儿蹦跳的蹄韵，飘荡着，又飞去了——

飞去了，穿过了云海，越过了大洋。

飘过亚西亚的绿野；飘飞在欧罗巴的牧场上。歌声去了阿非利加，唱给了那个牧羊的黑姑娘。飞去了，萦绕在澳大利亚的群岛上。远去了，在阿美利加的上空。

飞去了，悠悠地去了。

向着宇宙的远方。

王洛宾微微点着头，轻轻拍着手，合着歌曲的拍子，情不自禁地陶醉在幻觉中。

Let my things be all gone me tend the sheep now on
and gaze on her smiling face all day long and her flowery beautiful long gown

I'd like to be a lamb so sound her body to hang on
Let her whip fling up and down give me many a gentle gentle pound

金元用英语唱了洛宾兄这支著名的歌，音韵、音色、声律，回旋的主题，金元唱得旷达乐观，开朗抒情。

金元唱完了，王洛宾振臂高呼："太棒了，好啊！我的歌走出国门，去周游世界。我的心沸腾了！"

大家都兴高采烈。

这哪里是朋友的相聚，这是知音的歌唱与知心的音乐切磋，是心与心的交流。

晚上金元和焕金留校长和王洛宾在家里吃了便饭。

说是便饭，也是很丰盛的。客人进屋后，焕金和儿媳慧珺就去街上采购了肉菜，还打来了两斤清酒。

金元和焕金是很好客的，家里来了客人，金元不说，焕金就都安排好了。何况今天来的又是校长和洛宾这样的贵客。

慧珺中等身段，体态健美，高鼻梁大眼睛，脸面俊俏。她穿着朴素，手脚麻利，系了围裙就跟婆婆下厨了。

焕金和慧珺忙了一下午，做了一桌子香喷喷的饭菜。

开宴时，慧珺摆上了酒杯，焕金给大家斟上了醇香的清酒。

大家举杯互敬。

吃饭中，王洛宾问焕金："弟妹说话，我听了怎么这样口熟？弟妹娘家可在陇中？"

焕金说："我娘家在安定。"

王洛宾说："我说是么，知道，知道！"

焕金说："你去过？"

王洛宾接着说："去过，去过。我那年去陇中采风，在华家岭八盘山下的一家农民家里住过。那家的夫妻二人也是很好歌的。我见了他们，就像今天一样，遇到了知音。你娘家那里的民歌，是纯正的乡土味，纯朴甜美。"

王洛宾给大家唱了他去安定采风时，他碰到的那夫妻二人给他唱的安定歌谣：

　　　　羊肚子手巾包冰糖，
　　　　王家的哥啊，好心肠。
　　　　盼哥哥盼到月儿上，
　　　　怀抱枕头泪两行。
　　　　……

王洛宾用安定民间歌谣的调儿唱着。

焕金听着说："我听洛宾兄唱着，真像是那歌儿从华家岭的八盘山顶上滚下来，沿着丝绸古道回旋在我娘家的山山上。"

王洛宾说："是吗？弟妹真会说话，是弟妹夸奖为兄了。"

金元说："这歌谣是安定民间最原始的恋人心声之歌，是恋人感情的强烈释放，是民间诗歌创作的朴素典型，有比有兴。这'羊肚子手巾包冰糖，王家的哥啊，好心肠'的比兴和《诗经·关雎》里'关关雎鸠，在河之洲，窈窕淑女，君子好逑'是异曲同工的。"

王洛宾说："兄弟所说极是。兴者，先言他物，以引起所咏之词。这在各地的民间歌谣创作中是一个规律。"

接着王洛宾又唱了在安定采风时记下来的歌：

> 骑大马背钢枪，
> 尕花儿架在了马上。
> 尕花儿送郎上战场，
> 十里长亭哭断肠。
> ……

金元听了感慨地说："唐朝大诗人杜工部的《兵车行》中所唱的，何曾不是那样的情景？'车辚辚马萧萧，行人弓箭各在腰。爷娘妻子走相送，哭声直上干云霄。'"

王洛宾说："是啊！"

王洛宾要焕金给他唱两支安定的民歌，焕金给唱了孩提时荷月姐姐教给她的"高高山上种胡麻"，"山里的野鸡儿红冠子"。

王洛宾说："好，好！"，并拿出笔记本，赶快记了下来。

说话间辰来了，辰是出差来兰州过来看看金元和焕金他们的。见了校长和客人，都打了招呼。

焕金向辰问了好，给辰添上了茶杯，慧珺沏上茶，又添了碗筷。

金元给校长和王洛宾介绍了辰，也给辰介绍了客人。

校长说："我跟辰早就认识了，小说作家。他的《朋友》《校园春秋》我都读了，我们的师生都说，辰的小说素材取自校园，读来很亲切的。"

金元说："那是。"

辰说："听洛宾先生的大名可是如雷贯耳，我们是唱着歌王的歌走过了两个朝代。我说达坂城的姑娘怎么那么美，原来有一个这样帅的帅哥。我们是想着你的姑娘长大的，你不嫉恨吗？"

王洛宾说："我听着你的话，心里好美啊！哪能嫉恨？爱我姑娘的小伙愈多，我就愈骄傲。辰是金元的同学，也就是我的兄弟。"

辰说："就是，就是。我跟兄长套近了，就与达坂城的姑娘更亲了。"

金元说："狼子野心！"

辰强调："真心。"

大家都笑了。

王洛宾说："辰弟是安定人，一定知道许多安定的民间歌谣吧。"

辰说："小时候，听妈妈唱过一些。"

王洛宾高兴地说："那就把你听来的唱唱，我们听。"

辰说："妈妈唱给我一个长长的故事，我记下的就只是断断续续的几句。"

王洛宾问："妈妈唱给你一个什么故事？"

辰说："故事里有一个王家的哥，有一个尕花儿。"

王洛宾狠狠地拍了一下自己的大腿笑着说："这就对了，我可是昼思夜想！"

辰就唱了几段儿。

　　山上的洋芋花有紫有白，

　　尕花儿唱山歌有声有色。

　　从地头上走过时搊一颗，

放在炕洞里把它暖热。

人常说洋芋没有血，
放在灰堆里只要温热。
王家的哥尝一口又生又涩，
咽下了肚子里暖在心窝。
……

金元说："有了情，但还没有成熟。"
王洛宾说："生生的，才有味儿。"
辰又唱了：

王家的哥哥泪不干，
尕花儿两眼泪涟涟。
王家的哥哥去口外，
赚银钱回来做花衫衫。
……

金元说："成熟了！"
王洛宾说："成熟了。"
辰唱着：

王家的哥背钢枪，
身上穿着黄衣裳。
尕花儿送哥哥去口外，
针线荷包你带上。

衣裳破了自己补，
军爷打你，你受些。
心里记着尕花儿，
去了捎个信儿来。
……

金元说："他当壮丁了？"
王洛宾说："是当兵了，这下苦了尕花儿。"
金元说："命运。"
王洛宾说："也无奈啊！"
辰又唱：

王家的哥是天上的云，
尕花儿是地上的影子。
那朵云飘过了一道道山峰，
影子啊，跟了一程又一程。

王家的哥是天边的那朵云，
尕花儿就是那一股清风。
云卷风儿，风卷云，
风风云云永不分。
……

金元说："缠缠绵绵的情。"
王洛宾说："不分不离的爱。"
停了一阵。
王洛宾寻问地说："完了？"

辰说："妈妈唱了好多好多，我记下的就这些。"

王洛宾说："妈妈唱的歌，是胎音。你以后一定会慢慢记起来的。"

金元说："一定。"

辰说："那好，我会慢慢地记起来。"

王洛宾说："是纯粹的安定乡土味。"

金元说："点点滴滴皆是爱，字字句句都是情。"

王洛宾说："永恒的主题。"

金元说："是啊！"

校长说："真是太好了！咱们这是朋友的聚会，是音乐会，是民间歌谣的研讨会。"

过了几天，还是在焕金的家里，金元和焕金又接待了王洛宾。

品茶中，王洛宾说："我读了兄弟的《阳关颂》深受感动，今日我为你谱上一曲。"

金元说："好啊！我就先朗诵，倾听洛宾兄为小弟谱曲。"

金元起身昂首，挥臂朗诵：

在那古老的丝绸之路上，

有一个悠久的驿站，

那便是美丽的阳关。

啊，阳关！

你曾用黄河的乳汁滋润天山，

你曾让漠北的驼铃回响在中原。

啊，阳关，多少年！

友谊的使者经过你从欧亚往返，

东西文化的花朵在你身旁竞芳争艳。

　　随着金元的朗诵，那诗中思绪的飞腾、感情的奔放、重音的凸兀，王洛宾和着金元的心声，手指点去，将一个个音符送到这厅子里的空灵中，悠悠的，如从万古的时空中飘来战马在古原上奔腾的蹄声、兵戈触撞的铿锵声。悠闲的，是骆驼队的铃声，哐当，哐当，沿着沙塄接着沙海里的热风与无极相碰。微妙处，若露珠在蒺藜草的小叶上滚动。疯狂时，如飓风卷起了飞沙走石。

> 啊，阳关，悠久的阳关！
> 在历史的长河中，
> 好像一颗珍珠永远光闪闪。
> 在那塔克拉玛干的东沿，
> 有一片富饶的绿洲，
> 那便是美丽的阳关。
> ……

　　焕金和慧珺在录音机旁屏声静气地操作着，不叫遗漏下一个音符，要每一个音质铮铮、每一个音色闪亮。

> 啊，阳关！
> 你正用阿尔金的妆台梳整打扮，
> 你正用疏勒河的清流拨弄琴弦。
> 啊，阳关，看今天！
> 葱茏的林带绕着你朝远方蜿蜒，
> 金谷和银棉的浪花从你身旁涌向天边。
> 啊，阳关，美丽的阳关！
> 在无际的瀚海里，
> 好像一块翡翠镶嵌在金盘。
> ……

　　厅子里燃烧着两个人的智慧，一个是金元的，一个是王洛宾的。

　　精骛八极，心游万仞。渗透人生，回归自然。

　　王洛宾谱完曲子又现场演奏了一遍，那彼岸性的纯音乐，似那西方著名的《哈利路亚》与金元心心相印，声声诘问般的回旋曲主题，时而高亢激越，时而真切，沁人的个个插部使人陶醉。

　　金元说："美在彼岸。"

　　这正是金元熟读了家父的大众美学，又另辟蹊径，悟出了自己的美学观来。

　　那乐音，没有字意，是从字意中脱出，是从心弦上飞来。

　　那一天王洛宾非常兴奋，他讲了一个令人难忘又感人至深的故事。

　　那些年的铁窗生活使他在绝望中度着时辰，每每夜晚来临，他觉得他已经离开了这个人间，去了另一个世界。那里有可怕的地狱。明天将永远不复存在。

　　第二天太阳依然出来了，它的光亮驱逐了一夜扯不断的黑幔，又是一个使人有无尽幻想的白天。

　　他每天在同一时间从铺上下来，扒在窗子的铁栏上，看着那个年轻漂亮的女警官。

　　女警官从她那二楼的办公室里走出，冠戴整齐，穿着笔挺的藏蓝色制服，腰间的淡棕色皮带束出美丽的身段来，挺挺的胸脯显着少女青春的魅力。端正的警帽下从两鬓梳在脑后的青丝秀发绾了个盘结，有时候散开一个舒朗的马尾巴。她脸色白皙，眉犹蚕卧，一双溜溜的大眼睛含情脉脉又沉稳，有时候眼睛笑吟吟的，嘴角边现出动人的酒窝。

　　她在晒台的女墙前做一套健身操，伸展两臂若燕子在飞，斜着身子似妈祖探海，点指是观音洒露，转身就是云中香音。他看那女墙横拉着延去的线条成了一束五线谱，女警官的身影在五线上跳动。她是闪亮的音符，是动人的旋律。

　　达坂城的姑娘就是她，美丽的玛依拉也是她。

　　女警官给了他生的希望。

看到了她，他这一天心里就非常舒畅。想着她，他便有了很多很多要活下来的幻想。美丽给绝望中的人带来希望。

后来女警官调走了。
她一定去了那遥远的地方。
看不见了女警官，他的心里，阿拉尔罕又遮上了她的面纱。

那天他买了一个红苹果。想着女警官，他心里唱了一支歌：

> 买了一个新鲜的红苹果，
> 得到的代价真稀奇。
> 不是那金币不是那银币，
> 是一个含情的微笑迷迷。

他在心里唱着《红苹果》
唱着，唱着，他唱出了声。
《红苹果》给了他希望。
不是那金币，不是那银币，是一个含情的微笑迷迷。

第二十三章　同学聚会

金元拼命地工作，他的眼疾愈来愈严重了。焕金辞去了经销部经理的工作，领着金元各处去求医，可效果还是不好。

一天，焕金领金元去看一位久负盛名的眼科医生。那医生检查后，把焕金叫到门外低声地说："你丈夫的眼病是积劳成疾，就像一支蜡烛连烛蕊都燃尽了，这病是治不好了的，很快就会失明。"

看罢医生，一路回来，焕金说："医生说了，注意休息，按时用药，就会好的。"说着话，她将眼泪咽下了肚里。

金元说："那好，我一定会的。"

刚才医生说的话金元都听见了，他知道焕金的心里一定很难过，焕金的话是在安慰他。他这样违心地答应着，眼睛里也噙满了泪花。

晚上焕金给金元说："我想了，我想办法筹措一点钱，家里可以变卖的东西变卖了。我领你到北京、上海的大医院去看看，就是去天南海北，我也要给你治好眼睛。"

金元说："不用了，就那么大一个眼睛，医院的检查仪器都一样的，别的地方能治好的，这儿也一定能治好。听我的话，就不用了。"

第二天金元起得很早，约好了焕金去爬山，焕金陪着去了。

他们去了市里最高的那座山，一直爬到了山的顶端。在那山的最高处，有一座陡峭的山崖。苍翠的山崖远处是一丛一丛起伏的青色山峦，在白色的雾气飘浮中微微地动。再远处，隐隐约约的是天的边缘，像有一条线，又像什么都没有。一会儿，那儿泛出了淡红色，红色愈来愈亮，将天和地分开了，红色里有几朵悠悠的彩云，彩云拉长了，一道一道的是彩霞。霞色愈来愈亮，太阳从那里升起来半个红色的脸，又慢慢地成了一轮金色。那个金轮在脱离地面的时候，像孩子猛然跳了一下。

金元说：“焕金，你看那太阳猛跳了一下，跳出了母亲的怀抱。”

焕金说：“孩子就是跳来跳去的，他哪能就跳出母亲的怀抱呢！他再跳，也是在母亲宽阔的怀抱里。”

金元说：“那也是。”

太阳升起了，阳光照耀着山脚下一座美丽的城市。大河流过，河上有彩虹一样的桥，大河两岸高楼耸立着，新楼、高楼鳞次栉比。

金元熟悉那条大河，它滔滔不绝地向东方去，金鳞闪闪似一条龙。金元熟悉那些旧的楼，他也看着那一幢幢新的楼拔地而起。

街道在楼群中蜿蜒，那涌动的是街道上的车流，像水一样流动。那个女交通警察将手臂挥下，水闸一样，车流就被卡得严严实实，而她举起手，闸开了，又是哗啦啦的流动。

金元看着，像看不够。他不时地回过头来看看焕金，看见焕金，他就高兴地笑一笑，像孩子似的。

就这样他俩在山头上看了一整天。

傍晚的时候金元回过头来又看见了焕金，焕金也笑了笑，是激动的笑，是高兴的笑。

金元走过来拉住焕金的手，看着焕金的笑脸。他定定地看着，此时他看到了世界上最可爱，最美丽的东西。然而他慢慢地什么都看不见了，眼前由红色到淡红，到白色，到青色，到黑。

金元放开了焕金的手，将自己的两只手抓在一起，都抓出了血来。为了不让焕金痛苦，他忍受着一切。他牙齿咬着嘴唇，也咬出了血来。

这一天是金元最后一次看到日出，看到山峦，看到城市，看到大河，看到蓝天，看到绿树。

这一切都留在了他的心里。在那心的最深处，留下了他可爱的妻子。她的爱，直到永远。

焕金看着金元的笑脸由灿烂到惨然，眼角流下了一滴泪，那滴泪从晶莹透亮到

黯然失色。金元坐倒在地上。

焕金猛然反应了过来，她抱住了金元，看着金元的脸说："你怎么了，你怎么了啊？"

金元没有回答。

焕金一下子不由自己，身子颤抖，两腿直打哆嗦。她猛然失声大哭，眼泪流下来，流在了金元的脸上，与金元的泪和在了一起。

金元失明了，焕金每天陪着他。焕金很难过，金元感觉到了。

金元给焕金讲了一个故事："世界著名的女作家海伦·凯勒很早就失明了，开始她很难过，吃不下饭、睡不着觉，甚至还有过不想再活在这个世界上的念头。后来她在心里开始写作，她要描写曾经看到过的这个世界、看到过的人和事，她坚持着活了下来。她的名著《假如给我三天光明》设想有了三天光明，她将会完成很多很多的心愿。她怀着对那三天的想象，成就了一部部伟大的巨制，成了震撼人间的海伦·凯勒。"

焕金说："噢！"

停了一下，金元又说："希腊史诗《伊利亚特》和《奥德修斯》的作者荷马，他双目失明，四处漂泊，背着希腊古代的乐器——七弦竖琴，把自己的诗吟唱给大家听。他的诗在七弦琴的伴奏下，美妙动听，情节精彩，吸引了一批又一批观众。

他自己没有用笔写下那些锦绣珠玑的诗句，但他的伟大诗篇却一代又一代地流传了下来。他死后有九座城市争着说荷马是诞生在他们的城市。历史上美誉为'九城争夺盲荷马'。"

焕金说："这个我也在书中看到过，他的那两部史诗《伊利亚特》和《奥德修斯》既是古希腊艺术史上的明珠，也是全人类共同的艺术瑰宝。"

金元说："《伊利亚特》叙述了战争中传奇式的情节，着重描绘了希腊英雄阿喀琉斯的伟大形象。《奥德修斯》着重描写了'木马计'中希腊将领奥德修斯的一些事。"

焕金说："这些我也大概知道的。"

金元说："是吗？我金元也是一样的，我要讴歌我曾经看到过的这个世间，把我的诗词传留给世人。"

焕金说："就是。"

金元又说："我要将你的快乐装在我的心里，把我的快乐装在你的心里。你不要难过，你要快乐，为了我，为了你。为了我曾经看到过的世间，这世间的一切。"

金元开始用心来写，用口来讴歌。

焕金用笔来记，记下了写在心里。开始她的笔管里吐出来的是泪，后来吐出来的是血，是浓浓的血、沸腾的血。开始时她心里装的是悲伤，后来她装着苦涩，再后来装满了欢乐，是金元的欢乐。

时间过得真快，转眼要过这个纪元了。跨纪元的人是很幸福的，他们能享受到两个百年里的岁月。金元想和他的同学见面，焕金想与她的同学见面。外地的同学也是一样的。都想着在新的纪元里，一起感受这岁月的沧桑。

他们都约好了。

这一天阳光明媚，瓦蓝瓦蓝的天空，天边上有几缕淡淡的云絮，一会儿那云絮聚拢了，形状绝似一只悠悠的小船，飘荡在天宇里，悠闲得很。那是一只方舟，是岁月的方舟。

相约的日子里金元的同学来了。

相约的日子里焕金的朋友也来了。

金城里的同学来了好几个，都是金元学生时代的好友。

辰来了，谷女没有来。

辰对金元说："谷女寄来了两包玫瑰酥皮饼，一包给我的，我留着。一包是给你和焕金的，我带来了，还有她对你们俩的问好。"

金元说："噢！快打开来，我们尝尝！"

辰交给了焕金，焕金打开了，给了金元一个。

金元尝着说："好吃，好吃！是小麦粉做的，猪油、白砂糖、重瓣的红玫瑰、蜜饯。我都尝出来了，是同学的情谊。"

金元说着话，心里想着辰刚才说的话。一包给他的，他留着。他留着——

金元知道，那年谷女去了很远很远的地方，嫁给了别人。谷女的远嫁与辰的姻缘是结束了，可那情缘还在。

金元说："民国时一个名叫越夫的小说家写了一篇小说——《苹果烂了》。小说写一个漂亮的女孩与男士分手了，她要去南洋。她在离去的时候，送给那男士一个苹果。男士将苹果放在书桌前，一直舍不得吃，直到它完全烂去。"

辰说："小说是作家虚构的。"

金元说："那也是。"

金元再没有说什么，是怕辰的心里伤痛。

锦云、谷风都来了，带来了家乡的水果，好大好大的接杏、好甜好甜的樱桃，还有那稀罕的桑葚。

焕金说："今天还有一位朋友。"

金元问："是谁?"

焕金说："是桃丹。"

金元高兴地说："噢，是桃丹！你看我，不知道你在我的面前，我们谈论谷女的事，弟妹不介意吧！"

桃丹过去拉着金元的手说："金元兄，你看这哪能呢？能有一个关心我们的谷女姐，是我桃丹的福。我和谷女是很好的姐妹，你们就尽管谈他们的事也无妨。"

金元说："又一个红楼梦中的薛宝钗，胸怀开阔，是一个空无人生中的女性。辰老弟，你说呢?"

辰说："金元兄过奖了，不过，也是。"

焕金说："是就是，你们听，辰哥还吞吞吐吐的，是不是，桃丹姐?"

桃丹说："金元兄是诗人，诗人的想象是够丰富的。"

谈论着，大家很是欢心。

同学们都回忆当年上大学的时候，你一言我一语的。

"桃树林的桃花，年年还开得那么鲜艳。"

"核桃树的叶子展开来，在风中翻动着，那么婆娑。"

"水塔山下的那一处别墅是金元的家。"

"那一天晚上，大家在礼堂里看《蔡文姬》。"

"演蔡文姬的是大四的瑞昕。"

"在一帮小青年的心中，能演蔡文姬的女生就是天上的星。"

听老夫子讲课。

去阅览室，当书虫。

去体育馆跳交际舞。

去黄河边钓鱼。

修鱼池去抬石子。

在军训中，当一名战士。

……

大学的生活是很有诗意的。

大家要金元作一首诗，告慰那过去了的日子。

金元遂赋一首《大学生之歌》：

　　人生路途遥远，

　　碧空辽阔无边。

　　岁月长河漫漫，

　　史册有那么一篇。

　　人生史册浩瀚，

　　人生有那么一段。

　　蓝天有那么一片，

　　岁月有那么一天。

翻开这一篇，才发现
智慧的甘泉如何将文明之花浇灌。
走过这一段，才理解
勤奋和坚韧如何将平生抱负施展。
拥有这一片，才看见
科学的苍穹如何汇群星璀璨。
把握这一天，才发现
艰苦的昨天如何会成温馨明天。

大家拍手称好。

金元接着朗诵道：

这一篇埋在书山，
正需要发掘钻探。
这一段横在面前，
正等待跋涉登攀。
这一片就在周围，
又待你开拓实践。
这一天十分平凡，
每个清晨夜晚。

金元朗诵完了。

金元说："辰给咱们赋一首好吗？"

大家说："好，好啊！"

辰说："我作诗没有金元你那么豪放，凑几句作为对那个时候生活的回忆，看有没有与我同感的？"

辰遂凑了几句《在核桃树下》：

春天里，

你的枝头抽出叶芽时，

这里是一片浓浓的叶香。

叶香飘荡着，

她的幻想。

夏天到了，

你枝叶婆娑。

叶子一片一片，

心的形状，

在风里翻飞。

她的心，

也那么激荡。

秋天里，

果实累累的时候，

树枝低垂，

是成熟的困累。

她的心，

也一样。

……

辰读完了。

有人说："你这是什么诗？朦朦胧胧的。"

金元说："我觉得好，写景抒情，寄思寄情，是好诗。人年轻时无忧无虑，成

145

熟了就困累了。情，这东西也一样，幻想的时候很天真，到了现实中就沉了。"

一个女同学说："金元这么一说，我真的与辰的诗有同感了。"

一个说："你恐怕是与辰诗中的她曾同病过。"

女同学说："就你贫嘴！"

大家笑了。

聚会的餐宴后，他们去了白塔山上游玩。

白塔山公园内宫殿宏伟，亭台翼然，珠阙琳馆，三檐五簇，画廊迤逦，山路蜿蜒。

一处牌坊，正中题额：凤林香袅。

站在这里，山下就是金城关，在中山桥北，背靠白塔山，雄关踞险，是黄河天堑的锁钥。

眼前黄河像一条游龙，曲动身姿，穿越金城，向着东方天际跃去。

阳春的天气，风和日丽。

辰吟一联语：

一日月月月半轮，

三月日日日全明。

一个游人说："这是什么联，很费解的。"

金元说："辰弟的这副联好啊！要读它，就要懂得汉字里，有些是音同意异。那月有一月一月的月，有月亮的月。日有一日一日的日，有日头的日。联语说，每月的初一日，那月亮有半轮是暗的。三月里的每一天，天气晴好，日头是全明的。就像是今天这样。"

那人说："我明白了，明白了，确实是副很好的联语。"

金元接着说："联语中的字有用谐音与同音假借的，有用同字音异、意异的。辰弟，是吗？"

辰说："是，是。"

金元说："我读着你的联，就又想到了孟姜女庙堂上的那副联。"

辰说："那副联好啊！上联用了七个朝字，下联用了七个长字。"

桃丹说："那副联啊！海水潮朝朝潮朝潮朝落。多像我们眼前的这大河，春汛时节，也是那个样儿。"

焕金说："是啊，那浮云涨长长涨长涨长消。可那浮云哪有我们这儿的狄云有气势？"

辰说："你们两个还阐释得好。"

金元说："近朱者赤，近墨者黑么。"

大家说："是啊，是。"

金元遂赋七绝《白塔山即兴》：

> 义中步云人上峰，
> 山道逶迤水下东。
> 弘扬情理知常容，
> 风威笑傲花雨松。

应了金元的诗意，大家开怀，笑声舒朗。

诗情在画意中，笑声、诗声在云中。

就在金元与同学聚会后回来的那天晚上，他得到王洛宾在新疆不幸逝世的消息，晚上他久久不能入睡，回想他们相处的日子，不禁伤痛落泪。他为故友作了一联：

> 苦难荣华天常数，
> 是非功过有定评。

第二十四章　天涯芳草

谷女走了，噩耗传来，辰悲痛不已。

回想那一年谷女离开了辰以后，到很远很远的地方，嫁给了别人。

一次谷女回娘家，到辰的家里来过一次，是辰成婚了的第二年。谷女说是来看妈妈和没有见过面的弟媳。家里人热情地接待了谷女，桃丹专门留她吃了饭。相互认识了，谈话也有机缘。两个人性格都开朗，说着话也就不拘束了。妈妈看着也很高兴，都是她的女儿。谷女走时，辰与桃丹一块儿去送，一直送过了大路，快到谷女娘家的门口了，辰说不去了，送君千里必有一别！就告别了。

晚上回来，桃丹说："你还有个洋学生的姐姐，我一点儿也不知道。"

辰说："是妈妈先前认的干女儿。"

桃丹说："不像。"

辰说："噢，是我先认的姐姐。"

桃丹说："我说是。"

辰就从中学时的认识、大学时的相遇、相认的往事、分手的来龙去脉，都说了个清清楚楚。

辰说："我自首了，坦白交代了，该不该宽大了？"

桃丹说："该宽大了。"

辰从一本厚厚的书中找出来几张照片，辰讲着，两个人看着。

这一张是谷女上大学一年级时照的，在大学图书馆的门口，坐在台阶上看书。像一个小羊羔，憨憨的、傻傻的，因为她还没有吃过那种叫连理草的叶子。

又一张，是在黄河岸边的石栏旁，她已经成了一个大姑娘。充满憧憬的眼睛，遥望黄河水流来的远方。

还有一张，就是辰与她在大学里相遇时的样儿。一副平光的眼镜，装饰着一朵二月里豆蔻枝头的花。

第二天，桃丹给秋花打开了谷女拿来的罐头。桃丹说："妈，这是谷女姐看你来拿的。"

妈妈笑着说："对，是看你我的。但最主要的是谷女那丫头看辰来着。"

桃丹附和着，辰笑了，大家都笑了。

随后桃丹把谷女姐的几张相片都夹在了家里最大的一个相集的正册里。后来每当有朋友来，她都指给人家看，也说了那就是辰大学时的女朋友。

谷女去了遥远的地方，后来辰又见过两回谷女。一回是谷女的父亲离世的那一年，辰去吊唁。

谷女见了辰还是那样的一往情深。她哭得死去活来，辰扶起她，她一头倒在辰的怀里。辰摸着她的头安慰着她，辰也流泪了。

这是几年后辰又一次抚摩着谷女的秀发，用手指抹去她眼角的泪。

送葬后的那个晚上，辰和谷女在一起。几天来辰一直没有见到他应当叫姐夫的那个人，所以他问了谷女。

辰说："怎么我没有见到姐夫？"

谷女说："我是一个人来的，他不巧出差去了。"

辰说："噢！"

停了一下，辰说："你去那边干啥工作？"

谷女说："还是当老师，在一个中学里，那儿的三中。你去那儿时找我，很容易找到的。"

辰说："噢。"

两个人谈了许多别后的事，也说到了先前的一些事。情还在，真真切切。梦一样，缥缥渺渺。

那天晚上很迟的时候，谷女送走辰。临别时，谷女拉着辰的手，久久不愿松开。最后辰还是说了声："姐，保重！"

告别了，在漆黑的夜里，谁都看不见对方脸上的表情。眼睛肯定是润湿了的，心里肯定还有要说的话。

后来辰一直想着谷女，但没有去看她。他知道，人的感情像人身体上顽固的疾病一样，在一定的环境中很容易复发。为了大家的安宁，该冷静时要冷静。所以辰出差去到那个城市，还在她住的那个街道上徘徊过，最后仍是惆怅地离开了。

离开了，辰就后悔了，他虚设的防线是很脆弱的，抛开感情的纯理智永远是荒唐的。

第二天辰还是去了她曾经告诉他的三中，找到了谷女，这就是离别后的第二回见到谷女。谷女当然是万分热情，领着辰去近处一个她满意的饭馆里吃了中午饭。下午去了近处一个公园，踏过草坪，走过池边，柳荫夹道，樱花盛开。

晚上谷女踏着马路送辰回到住处，就坐上车回去了。那一天谷女和辰谈了许多许多，能写出一本书了。

谁知道，那一别竟成了他与谷女的永诀。

谷女去了，是病魔夺去了她的生命。谷女去了，辰一直瞒着妈妈。后来妈妈问起时，辰和以前一样说他出差时都见了，很好的。

听到噩耗的那天晚上，辰翻来覆去，总是睡不着。他披上衣服，打开了桌上的灯，拿过来一叠纸笺。洁白的纸笺像是被岁月的风尘镀上了淡淡的焦黄，彤管迟迟，落下点点墨迹。

赋罢高唐庄生梦，
春深月里逐梦魂。
缕缕皆因随风去，
雁声空留有无中。

天苍苍兮何以荒，
地茫茫君在何方。
此去天涯忘归路，

芳草泪天涯道上。

追忆往事云中雾中，人生何尝不是那天涯道上的一株芳草！

知道谷女去了的消息，金元的心里很是伤痛。
金元撰一联语，是对谷女的怀念：

谷风习习，曾记否，为岁月镀上了点点金。
女去遥遥，何处觅，在心头留下了缕缕恨。

金元叫焕金写好了寄给辰。辰看了金元撰的联语，也心中伤痛。
那天晚上，辰和桃丹去路边将联语焚化了，向着远方。

谷女去了的来春，他们又聚在了一起。那天，面对雪中的篱畔，各人咏了一律。

焕金的是：

交错纵横在画中，
笔点红颜也簇簇。
枝头一二晓星似，
一抹飘香何蹰躇。

桃丹的是：

天涯路远雪纷纷，
雪不争春伊争容。

自觉周天空复空，
前世宿愿今世情。

金元的是：

一朝香凝冷乾坤，
来世只因误迎春。
质洁但使心高远，
洁来还洁去无踪。

辰说："是误，是误啊！"随吟一律：

误遇东风自多情，
香尽雪泥心未泯。
一世风韵今何在，
风雨篱畔已黄昏。

这几律都是咏篱畔的伊，有情也有哀思。

第二十五章　失去的世界

一天金元讲给焕金一个故事。

日本作家乙一在《寂寞的频率》中这样写道："我身处在一个无边无际，完全黑暗的世界。这里一片寂静，听不到任何声响，我的心陷入了一种无边的寂寞当中，即使身边有别人在，只要不接触我的皮肤，那就和不存在没有分别，而妻子每天都来陪伴这种状态下的我。"

由于他在十字路口等待绿灯的时候，打瞌睡的司机驾驶着一辆货车撞过来，使他受了重伤，全身多处骨折，内脏受到严重损伤，脑功能出现障碍，从而他失去了视觉、听觉、触觉。

得知了自己的状况后，他连哭的能力也没有了。

后来，肌肤的感觉慢慢地恢复了。

他无法用眼睛迎接早晨的来临，但当他感觉到阳光的温暖包围着右手皮肤时，他才知道黑夜过去了。

焕金听着都流泪了。

这是金元在叙述别人的事，可这何尝不是他的心音！一个无边无际、完全黑暗的世界，无法用眼睛迎接早晨的来临，当他感觉到阳光的温暖，他才会知道黑夜过去了。

焕金安慰金元："我不论白天和黑夜都会留在你的身边。永远在一起，永远不分开。"

金元感觉到了焕金在流泪，他继续讲下去。

有一天他的妻子在他的手上写字，告诉他天气和仅仅一岁的女儿的情况。

妻子的手忽然离开了他的手腕，他一个人被遗留在黑暗无声的世界里。一会

儿，他的右手接触到了一个小小的温暖物体，它像出了汗一样湿润，而且热乎乎的，很快他知道那是女儿的小手。

妻子用指尖在他的手上写了字：是带女儿来看你。

从女儿的触摸中，他感觉不到她的恐惧。她的触摸好像在试探眼前的不明物体。他在女儿的眼睛里大概并不是一个人，而只是一个横卧着一动不动的物体罢了！这使他受到了莫大的打击。

遇到意外前，女儿还不会说话，还没有叫过他一声"爸爸"，他的心里很难过。他知道女儿用什么样的声音说话之前，他却永远失去了听力，也永远看不见她蹒跚学步的样子。

妻子的指尖在他的手上滑动，问他是不是因为无法看见女儿的成长而悲伤，他动了动食指，告诉她的是——很痛苦。

焕金哭着，眼泪都流了下来。金元看不到焕金的眼泪，可他沉默着，他的心也刀绞一般的痛苦。

金元继续讲。

后来他的妻子把丈夫的右手腕与肘关节的部位当成了一个钢琴的键盘，按着靠近肘关节的部位是低音键，靠近手腕的部位是高音键，用手指敲击着他的皮肤，弹奏出一支曲子来。她时而让手指在他的前臂上疯狂地跳跃，时而像一颗颗雨滴打在他的手臂上，最后像窗帘在微风中飘摆一样轻轻地从他的手臂滑过。

在他的周围，比终年照不到光线的深海还要深沉、黑暗，这是难以忍受且无法想象的寂静。在这样的世界里，妻子的手指所带来的触感和节奏，就像是单人牢房里唯一的一扇窗户。

他慢慢地更加熟悉了妻子的弹奏。

奇迹终于发生。

当她的手指在他的皮肤上跳动时，他觉得他能看到了一些影像，有时是模糊不清的色块，有时是过去曾经度过的幸福时光。

他还感觉到了，妻子在弹奏同一支曲子，她的心平静时，手指的动作就像在甜甜的梦中呼吸；她的内心充满矛盾和疑虑时，她弹奏中像刹那间从高处跌落下来一样。

……

他终于完成了《寂寞的频率》。

金元讲完了故事。

焕金听了金元讲的故事，心都碎了。但她似乎有了希望。

焕金说："听了这个故事，我很敬佩他们夫妻追求生命的顽强精神。你一直对诗歌创作情有独钟，我会像故事中的她一样，陪着你去感受社会的节奏、生活的色彩，你一定会成就你的愿望。"

听了金元讲的故事，焕金想了许多。

1992年春天的日子里，焕金陪着金元去游金城著名的三台阁。他们坐车到了皋兰山下，焕金搀扶着金元去登山的顶峰。

昨天刚下过了一场雨，天气温润，山岚缕缕，路边花香袅袅。焕金边走边用语言描绘着眼前的景色。在金元漆黑一片的眼前，蓦地现出一洞又一洞画面来。淡淡的山岚是青紫的颜色，萦绕在苍翠欲滴的山间；路边是五彩的山花，蜂蝶翻飞；眼前垂柳拂面，似燕尾剪出的一挂挂嫩绿的叶子。

沿着石条砌出的台阶，登皋兰山。焕金说：前边就是三台阁。

金元的脑海里，一幅幅历史的画卷、一幕幕沧桑变化，从悠悠的时空中来，在他的眼前一方一方地展开。

三台阁，初名魁星阁，它始建于明代，是一座巍峨的阁楼，九梁十八柱，飞檐彩绘，甚是壮观。每年的春闱，那些要想中举做官的秀才，都络绎不绝地到这里来跪拜那点斗的魁星爷。

阁楼联语：

笔点文曲星斗事，
礼传中华圣贤书。

清初时，那楼阁因年久失修，楼台倾圮。

乾隆壬辰年，陕甘总督勒保求觅故址，筹措葺修。重修后不到十年即遭遇兵燹，此后历时数十年，除仅留残碣，其余一切荡然无存。

道光年间，陕甘总督杨遇春责成僚属和当地绅士捐资重修，历时数月，建成神阁一楹，阁崇三级。

民国初，甘肃总督张广建任上，在此皋兰山顶重建，取名三台阁。

解放后又重建了一次。

现在的三台阁，三台之上那个飞天阁楼，重檐彩绘，架斗翘角，龙脊宝瓶，吻兽亮翅。

金元说："这皋兰山雄浑磅礴，每当雨后天晴，一定是山岚雾锁，三台阁微露俏姿，仿佛天上宫阙坐落人间。"

焕金说："你说得正是。"

金元遂吟了清人张文德的诗句：

> 朦胧翠髻倚云衢，
>
> 掩映遥看入画图。

说话间，他们已到山巅，登上楼台。

焕金说："我们的眼前是高高低低的楼群，远处是农民的麦田。向西远去，是连绵的长城。你去过那里，有踏燕的飞马，有莫高石窟的飞天。向北，山脚下是滚滚东去的黄河……"

焕金的描绘，在金元的心里浮现出接连的壮阔画面。色彩具象，皆在他的眼前。

金元于是放声高歌：

> 脚下是不尽黄河，
>
> 头上是辽阔蓝天。
>
> 聚一杯晨风，

伫立在峰巅。
......

长城如龙，
在万壑盘旋。
平湖如镜，
在高峡镶嵌。
啊，大河两岸，
好一派多情关山！

群楼昂首，
气宇万千。
路网绵延，
撒向天边。

金灿灿，是麦田；
翠莹莹，是春山。
古松傲雪，
嫩柳含烟。
啊，碧空下面，
好一幅多彩画卷！

焕金随着他的朗诵记录着。

她在笔记本上飞速地写着，有些词语她用自己设定的符号代替，回过头来再添进去。

那些句子，是金元胸中激情的释放，像大河里的水在奔流，是云中的鹰，展翅问扶摇直上，你不赶忙记下来，它就将远去了。再来一次，就没有了当时的灵感、

那时的气势。

焕金拼了命，都要将那每一个词语拽住。

你骑着骏马奔驰，我就乘着马蹄下生出的风紧跟着；你驾着快艇飞去，我就踏着你那快艇扬起的浪花，在浪尖上追。

金元顿了一下，又朗诵了：

身后是悠久历史，
面前是无限未来。
历万载兴衰，
今朝更豪迈。
与万邦并驾，
驰骋在世界。

昔日辉煌，
在心中澎湃。
沃野宝藏，
正重新安排。
啊，炎黄子孙，
好一派英雄气概！

飞天仙子，
奏响天籁。
马踏飞燕，
雄风长在。

太平鼓，震天外；
信天游，传天外；

欧亚桥，通四海。

石窟生辉，

丝路溢彩。

啊，羲皇故里，

好一幅宏图展开。

金元朗诵着，一声声像云中的惊雷，一字字掷地有声。是炎黄子孙的抒怀，是中华儿女的豪迈。

金元要写立志歌，一写就写了十几首。

他在心里写，写好了就读出来，焕金赶忙记着。焕金写好了就复述一遍，他说行了就定下来。过了两天，他又叫焕金再读一遍。焕金已经背会了，就背给他听。他仔细地听着，妻子在给他朗诵，朗诵着他的诗，他很高兴。

有时还要改上一个词，或是改上一句话。焕金又得抄上一遍，再背记下来。一个词，他改几遍，焕金就跟上他抄几遍。

金元要写自知歌，一写就是一百多首。

金元每写一首，在心里写好了，就叫焕金赶紧给他记在纸上。记下来，再念给他，再推敲，再修改。

焕金一天忙得很，要忙孩子的事，还要忙家务。有时候她正在烙饼，或正在擀面。金元一叫，她就急着过去，弄得衣服上，纸上到处都是面粉。有时某个字她吃不准，就需要耐心地问、仔细地听。

第二十六章　诗之颂

焕金和大儿子志中决定要给金元出一部诗集，全家人都很高兴，很支持。

金元的诗稿散落在各处，搜集和整理需要大量的工作。

报刊上发表过的要抄录下来。写给朋友的，有些没有留下来底稿，打电话联系，叫抄一份寄过来。即兴之作，那么朗诵了一遍就过去了。记得起来的，再在金元的心里翻腾一下，焕金给记下来，记不起来的也就算了。

金元当年写了那么多诗，但没有想着要出一本书。现在要出书了，确实很忙乱。一点一滴的工作，都要焕金做。

给父亲出一部诗集，是志中多年来心中的夙愿。童年时的志中最高兴的事，就是看父亲的诗歌在报刊上被发表。那些年代，人们对铅字印刷的文稿很崇拜，文稿一旦见报了，就标志着写文稿的人是大有学问的。

志中也高兴父亲写诗文得稿费，给他添置玩具和新衣服。

志中慢慢长大了，就想着给父亲出一部诗词的集子。

那天，志中和妈妈筹划出集子的事。

志中说："父亲的诗词理念高超。或歌颂祖国，大展宏图，激励创业；或回忆童年，思念亲朋；或叹人生、论宇宙、歌山川、颂江河，表达着我心目中真实诗人的境界与情操。"

焕金说："儿子说得极是，你的父亲是一位很有才华、性格刚毅、热爱生活的人。"

志中说："父亲是平凡的，更是非凡的。平凡是因为他淡泊名利，不求功名。非凡是因为他生平不但写出了大量美好的诗词，他同时也思考哲学、美学。在爷爷开创的美学道路上继续奋进。"

焕金说："是啊!"

志中说："父亲的学术论文观点新颖、论证精辟、自成一体。"

焕金说："他的诗词就是他人生的明证，他有理想有抱负，他的那些立志诗哲理性很强，积极向上，是人生的哲理箴言。"

志中说："父亲对生活的态度积极向上，朴实友善，他的精神生活充满阳光，志趣高雅。他顽强地与病魔斗争，性格开朗豁达。"

焕金说："就是。"

志中说着话，心里在想：我为有这样的父亲感到自豪，他是我商海奋斗中最宁静的港湾。

那天焕金和志中一起拟定了一个方案，按金元诗文脱稿的时间、按诗歌的内容分门别类，先将家里存有的稿子整理在一起。从社会上、从朋友处要索取的也列了个大致的单子。

第二天志中忙他的事去了。

志中是一个很聪明、事业心很强的青年，前些年妈妈焕金在兰新家电经销部当经理的时候，他给妈妈去帮忙，和经销部里的叔叔、阿姨接触的日子里，就喜欢上了做商的事业。

前些天志中翻看报纸时，在《广州日报》上读了李嘉诚在长江商学院十周年庆典上的讲话，他深受启示。这几天他一直在思考着李嘉诚演讲中打动他心弦的那些话。

演讲中，李嘉诚给大家叙述了他青年时不幸的家境后说："在三重合奏的悲歌中，抬头白云悠悠，前景一片黯淡，仰啸向天，人情茫如风影，四方没有回应。我唯一的信念——建立更好的自己，才能建立更好的未来。"

李嘉诚说，人的未来是自己在各种偶然性中不断选择的结果。追求自我，努力改善自己，是一股正面的驱动力。他说，当你把思维、想象和行动谱写成乐章，在科技、人文、商业等无限机会中实现自我，当知识、责任感和目标融会成智慧，天命就不一定是命运。

李嘉诚强调，天地之间有一种不可衡量、价值永恒的元素，只有具有使命感的人才能享有。

志中想，这首先你要成为具有使命感的人，这是主观的因素。这样，你才能享有客观存在于天地之间的不可衡量的价值永恒的元素。

李嘉诚的话引起了志中思想的共鸣。不，不仅仅是共鸣，志中也曾有经历，深有体验。他觉得，那元素是一种很神秘的东西，似乎是有神灵在点化于你，使你豁然相随。

早晨，志中去宾馆看了看，他的职工们都很敬业。他想，其实他不多去那里，只要业务在正常、机制运转就行。

回来后，他向新建的科技大厦走去。

志中三十来岁，中等身材，浓眉下一双深沉的大眼睛，办事沉稳，生活和事业使他比一般青年早熟了许多。这和他的父亲上大学那会儿很是相像。

他经常教育他的职工，人品上要诚实，事业上有进取。搞商业，要诚信第一。

商场是战场，在商场上打造一支为民族、为国家的仁义之师，是他志中的使命。

焕金去了省图书馆、市图书馆，将金元历年发表在报纸、杂志上的诗作都复印回来了。给金元的同学和朋友寄出去的信，他们收到后都按信件的要求寄回来了抄写件。

一天辰特意从外地来看金元，老同学见了面特别高兴。

金元说："我昨天晚上做了个好梦，是喜鹊在一棵花树的枝头跳来跳去，嘎嘎嘎地叫着，我想一定有朋友来。你这一进门，我从脚步的声音上就听出是你来了。"

辰说："你有先见之明，你真神了！"

辰带来了他们大学毕业，同学们一起聚会时，金元即兴作的一首诗：

> 洋琴洋话服善才，
> 豪情侠气正开怀。

举杯金城送君去，

煮酒兰山望君来。

辰读了之后说："那时候，金元兄的洋话被那些善才夸奖，豪情侠气也正当年。"

金元说："辰老弟也文采出众，是文侠中人。"

两个老同学谈笑生风，很是快意。

诗稿都收到一起了，焕金把那些稿子整理好了。她按着抒怀歌、山水颂、校园歌、祖国魂、丝路歌、长江歌、赠友人、咏志歌、自知歌的顺序在稿纸上抄了一份。抄好了又一篇一篇、一句一句读给金元听。按金元的意见，又作了修改。

焕金和金元、志中定了稿。

诗集出版了。金元用手摸着厚厚的诗集说："我要是能看到它，多好！"

焕金说："我们一定会想办法治好你的眼睛，叫你看到它！"

志中说："一定的！"

志中打听到南海有一个全真师太本领了得。

南海界南雅道观靠着南雅山，通过南雅洞天到那山的顶峰之上，万千的松木环绕之中有一五丈之地的石原，人称南海五丈原。原中有一丈径的圆处是黑白两种颜色的石头造化成双鱼的图形，乍一看去那图形混沌模糊，但细细端详两条鱼儿还是有头有尾的。传说老子曾云游到此就有了太极的理念。故事虽简单但道理一定是有的。

南雅道观的全真师太说过，多少代了，道观的人都在南海五丈原上练功，诚心之人都修成了正果。

这里是不是太极的发源地也无须深究，但确实有些人在这里练成了一身好拳脚，也有的在练功的过程中清净了心中的杂念，强身健体，治愈了百病顽疾的也有。

志中领了爸妈去南雅道观见到了全真师太。全真师太一袭水蓝色的衫子，头上青网绾发。师太蚕眉顺眼，幽静、平和。师太面善慈祥，道风仙骨使人油然而生敬意。

志中介绍爸妈之后，师太说："上次志中到我这里，已给我讲了金元的情况。"

金元说："弟子蒙难，今天特来拜见师太，聆听师太的教诲以清心境。弟子的肢体磨难倒是任运随缘。"

师太说："你之所言，倒是在理之中，只要修来诚心，就能内静，内静必能自强，有些疾病还是可以缓解的。困扰身心的灾难也可以化解。"

焕金说："师太所言极是，我与金元就听师太的。"

师太说："那好！"

志中安顿好了一切，焕金和金元就住了下来。

师太用了几样中药，野菊花、丹参、珍珠等，加上前一年收集的薄荷叶子上的天露，捣烂了调附在蚕丝网上，贴在金元的两眼之上。

师太盘着双腿坐在金元对面，她做起功来一股凉风徐徐吹向金元，清风打开金元的瞳子髎，金元按照师太的指点用观鱼法，下意识地内视着有两条鱼儿一黑一白，从他左右的瞳子髎中进入，分别绕着鱼腰到睛明，下到承泣。再回到睛明互换后又各绕了眼眶一周，接着互换方位再绕一周。

那鱼儿摆尾戏水一样油然自得，那股清流的水渗入心脾，使人顿觉心旷神怡，两眼和印堂都有点发热。

两个时辰后，师太用封宫法又封上了打开的瞳子髎穴，是使真气不要失缺。

师太收了功。师太也累了，两腮渗出了汗来，汗面津津。

师太用的观鱼法，观鱼是道家养生的一种最高境界。

师太给金元用药膏每天一贴，对金元做功每日一次，以驱除杂污换入真气。师太做功是按八卦的理念，八天之后领焕金和金元到南雅山上的五丈原，在那天成的太极石上教给二人太极真功，每天一功，八天循卦一周，三八二十四天练成太极真功二十四式。

三年后的一天。

就在做二十四式功的最后一功时，金元的内视中那两条游动的鱼儿突然身上发出亮色来，那鱼儿停在了金元的双眼之中，亮色中有一点飞絮飘动，那飞絮进而成了晃动的影子。

金元看见了焕金做完了最后一功收官的身影。

金元情不自禁地喊了一声："我看见了!"

这一声喊，惊得师太和焕金都朝金元的脸上看去。

金元目光初露双眼又有了炯炯的神来。焕金扑过去抱住了金元，焕金泪如雨下，金元流下泪来。师太看着，也润湿了眼睛。

师太抹了一把自己的眼泪对焕金和金元说："不敢叫金元流泪了，流多了眼泪那病还会反复的。现在好了，大家都高兴，可要克制自己。"

焕金说："我们一定听师太的!"

金元的心情慢慢静了下来。

三个人克制着激动，眼前是一片平静的喜悦。

金元看着眼前的松树郁郁苍苍，生机勃勃。五丈原上清风吹过，松涛翻滚着，那绿色从天涯涌过来一阵阵松香的清新。金元抬起头来，天上是皎洁无比的蔚蓝色，那里是天仙的去处，几片薄纱似的轻云浮荡的中间几点淡青的空处是伊的眼睛，给人梦幻的神往，金元很久没有看到过这么美丽的天空了，他沉醉了，在那片晶天中。

一个与数年前一样的日子，金元、焕金与同学、朋友相聚在黄河水滨。辰与桃丹来了，锦云、谷风来了，邢嫂、马云也来了……

大家对金元的康复很欣慰。那天载酒放歌、即兴赋诗。火辣辣的歌，火辣辣的情。

难忘又一个诗的日子。

第三部　梦幻成真

第二十七章　太极之友

金元是诗人，他对美学有着刻意地探求，是太极的功力给了他重生，可他更注重太极中的美学理念。

太极是神功，它有一种幻化的美，它的一招一式都是人体气韵的流动。

金元每天除了搞诗作，他最喜欢看焕金练太极的表演，也因之焕金将自己太极的表演搬到了自己家的客厅里。金元有时候自己也打两路，但更多的是看焕金的表演。客厅就那么一点地方，展腿伸臂旋转身体都觉得有难以舒展的矛盾。

焕金知道，太极本身就充满着许多矛盾，习练太极的过程，是你从拳路中体验矛盾，从而达到解决矛盾的实践过程。太极的主旨就是在不断发展中不断地致力于矛盾的解决，从而完成更高层面的和谐。

那一天焕金起得很早，收拾了一下屋子。金元坐在沙发上看焕金打太极拳。

焕金开始了太极的动作。她的脚平行分开，掌控着左右虚实的展现。起手抬臂又慢慢落下，完成了上下虚实。她调整呼吸，达到身体的内外沟通。

她接着前脚虚起，做了个仙鹤独立。手臂又上展下按，悬顶圆裆。

焕金向前踏出一步，用手从膝前搂过，手臂由上至下，绕了个弧形，似在防守。另一只手向前击出，是搂膝拗步的拳架。

她接着收回脚来，直立身体，单臂挥出，如同魏王鞭击。她收回了鞭击的手来，双臂上下合抱，伸出一脚虚踏着，似莫高香音在拨琵琶。随后又转动腰身，伸出双手，一个稳稳的手揽雀尾，那太极的拥、捋、挤、按四法皆在其中。

瞬间她又收回双臂，放松身体，自然地站立着，两臂在胸前环抱，掌心向内呈圆形，缓缓地开合。

这开时如纳天地万物，合时似合阴阳五行，宇宙六合任凭伸展，鱼跃海天、鹰击长空皆在那瞬息的挥臂之间。翻掌为云、覆掌兴雨。

焕金接下来又一个鞭击，一个岳云肘底捶，转身推出九英旋风掌。

焕金额上汗珠渗出，她累得停了下来。这些日子她内外忙碌，为了给金元看病到处奔波，就像将车拉到了山顶上歇下来，松是松了一口气，可身子骨都散架了。

她瘫坐在金元对面的沙发上说："我一定要坚持下去，你看我一定行。"

金元说："这些天来也真得难为你了，你也太辛苦了！"眼睛里旋出了泪花。

焕金赶紧笑着说："没事，累是累，但累得高兴。要高兴！师太说了你不能流眼泪的。"

早晨的阳光又照在屋子里，屋子里一片金色。

焕金又开始习太极了。转身推掌的时候，她感觉到比前些天好多了。

她转身随步，两只手左右翻转，犹如玉女穿金梭一样。她觉得，此刻她就是那天上巧手的织女，要织出满天的云霞来。这会儿，她眼前飘拂着的五彩流苏的窗帘，不就是天宇里阳光掩映下的彩霞吗？

搬拦捶后，一个白蛇吐信，焕金自觉幻化成了那重义痴情的白素贞。

……

又是一个黄昏。夕阳照在窗子上，满屋子里通红。

焕金在地上随意走动着，她解脱了那些拳路上的定式，自由地出招收手，像南海玉女在大海里踩浪花一样，又像蜂蝶在花丛里飞舞。

南海玉女就是那妙音天女，她踩浪花时又手持印度维那琴，妙音天女身姿婀娜，海风吹过，琴声袅袅。

焕金用的是她自己创意悟出来的原地太极拳，是焕金她自己的太极。

她开始练这种拳时，觉得屋子里的地面太小了。但练着练着，她慢慢地适应了在屋子里习练，后来，她觉得这原地习练还是个创意。

打太极拳套路，没有五米长两米宽的场地是无法施展手脚的。可焕金刻意地在屋子里随心演练，顺势而动；心守意念，怀抱太极；手按八卦，脚踩五行。一招一式一太极，六合之间，随机应变。日子久了，就自然而然地形成了原地太极拳。

焕金给她的原地太极拳还起了个名字——圆拳。在一个圆地上练，圆地上行，四面八方，出招出式。三尺斗室即可习练，站得下就能练得开。

焕金的原地太极拳博采众长，吸取了杨、陈、吴、孙、武、郝，中华各家各派太极的精华，遵循传统套路规矩"拳打卧牛之地"。

焕金的原地太极拳开式多样，富于变化，一人单练、二人对练、多人圆上练。还可以变换多种队形演练。用四肢与躯体表现出大圆套小圆、立圆套平圆、环环相扣的大循环。真的是一招一式一太极，任君舒展与收敛。

焕金的原地太极拳是天人合一的动态平衡，是抑、扬、顿、挫的节奏艺术。以和谐自然的运动规律，集健身娱乐为一体。

看着焕金打拳，金元写了一则太极歌，其歌曰：

太极在心，
有无相生。
目光传神，
韵合心声。

端正圆活，
淡泊宁静。

足蹈碧波，

手舞行云。

　　焕金自己练拳又教给了别人，她有了很多拳友。拳友们一起练拳，一起交流，一起切磋。

　　焕金也悟出了一个练拳的歌诀，在拳友中秘密地传开。

心静体松，头正颈直。

沉肩垂肘，中正安舒。

手眼身法，缓慢柔和。

虚实分明，阴阳相生。

情技交融，动态平衡。

内修外练，天人合一。

心平气和，防病治病。

气沉丹田，虚领顶劲。

含胸拔背，松胯敛臂。

谐调一致，连绵不断。

圆活自如，首尾相接。

韵味流长，行云流水。

形神皆备，整体两翼。

血脉流畅，益寿延年。

第二十八章　西都音乐会

西都举办庆祝中华人民共和国成立六十周年，以中华颂为主题的金元词作音乐会。

音乐会开幕的那天，焕金和金元早早地去了。

焕金坐2号位，金元坐1号位。

焕金说："这第一把交椅一直是你坐的。"

金元说："好!"

台上的幕布慢慢拉开。

舞台像天宇的繁星一样，每一个星星又洒下来一道光柱，斗转星移，光柱扫动着，红色的、橘色的、黄色的，金光闪闪。

乐团的位置几乎占去了满满的台面，弦乐阵中，小提琴组、大提琴组、低音提琴组，还有那架蝶翼一样的高高的竖琴。管乐有巴松组、单簧管组、萨克斯组、长笛组、短笛组，中音号组、圆号组、大号组、拉管组。爵士乐里有低音鼓、边鼓、桶子鼓，双面钹、单面钹、高帽钹。

指挥台上穿着燕尾服、披发的乐团指挥稍抬左手，右手高高举起指挥棒。

舞台是一艘航母，乐队是一支整装待发的将士。乐团是一架灵动的巨大钢琴，就等那指挥手起手落。

报幕员报幕了，一个帅气的小伙，一个漂亮的姑娘。音响里洪亮的男音和清脆的女声交替：庆祝中华人民共和国成立六十周年，《中华颂》金元词作音乐会现在开始——

全场顿时爆发出雷鸣般的掌声。

焕金低声地给金元说："你听到了吗?"

金元很激动，他说："听到了。"

第一个节目混声合唱《中华颂》，是张枭作的曲。

乐团指挥的右手斜着划下，乐声响起，前奏是壮美宏伟的管乐。

舞台上的光柱变幻着，庄严的天安门，精美绝伦的华表，一轮红日冉冉升起。

乐声奏响了中华民族的历史，强烈的爱国主义精神和浓浓的民族情。

张枭的这支曲子在节奏、旋律、音色、力度、织体上都表现出高超的完美，听来激越高昂，振奋人心，感人心肺，促人奋进。

焕金想，张枭是华夏的国画大师张大千的儿子。美术的美和音乐的美都是一脉相承的。这旋律一定是家传，一定是。

混声四部合唱：

中华啊，中华，
你是拔地擎天的花！
穿过五千年雷霆风暴，
沐浴八万里日月光华；
你在人民的泥土里扎根，
你在古老的大地上萌发。
啊！中华，中华，
啊！中华，中华，
你是我们心中的花。

乐声悠悠，穿越五千年万古时空，伴着千钧风雷，一丝丝一缕缕，闪着日月光华。

中华啊，中华，
你是永葆青春的花！

滋润毛泽东思想的雨露，

辉映新时代灿烂的朝霞；

你在共产主义的春光中，

东风使你香飘天涯。

啊！中华，中华，

啊！中华，中华，

你是神圣正义的花，

永远向着真理开放，

岂容凶恶的虎狼践踏。

歌唱着伟大的时代，奏响着时代的凯歌。

啊啊，啊啊，啊啊，

你是我们幸福的希望，

我们愿为你把热血抛洒。

啊！中华，中华，

啊！中华，中华，

你是我们心中的花。

歌声落下，掌声四起。

久久的掌声。

接下来是混声合唱《我的校园在黄河岸上》，由著名音乐家卜锡文作曲。

听着歌声，我们就像走在校园里。品着那乐章，听着那词句，那里鲜花朵朵，绿树行行。那里歌声阵阵，书声琅琅。在花丛中，在浓阴中，科学的春光在荡漾。在歌声中，在书声中，青春的理想在闪光，知识的清泉在流淌，四化的乐章在回响。

黄河的乳汁哺育我们幸福成长，黄河的精神鼓舞我们奔向远方。

歌词像珠粒落在玉盘中，乐音在玉盘上飘荡。

随后的女高音独唱《莲花山之歌》由音乐家郑培东作曲，著名青年女歌手王嫣演唱。王嫣的歌声甜美，听来有浓浓的乡土情。她高鼻梁大眼睛，山妹子的打扮，似在莲花山前，纯然是周敦颐《爱莲说》中的那朵，出淤泥而不染，濯清涟而不妖。

莲花哟，纯洁高雅。

莲花哟，香远益清。

莲花哟，淤泥不染。

莲花哟，裹一身碧玉，顶一头红霞。

啊，啊，啊，

莲花，

飘着泥土的芳香，闪着朴质光华。

莲花山，拔地而起。

莲花山，挺立云端。

莲花山，岫出山岚。

莲花山，迎春雨和风，抗冰刀雪剑。

啊，啊，啊，

莲花山，昂首向蓝天，唱出人民的心愿。

另一支女中音独唱《疏勒河歌》是中国音乐学院外籍教授、著名音乐家杜亚雄作曲，著名青年女歌手郭林演唱。

乐声似滚滚的疏勒河，郭林高个儿，身段苗条，皓齿明眸。水色的裙装，裙带在舞台的风中飘荡，好似那洛神在水上。乐声幻化成的伴舞姑娘，旋转着身子，衣

裙铺开来，似那水中一个连一个的漩涡，疏勒河水在流淌。

歌声从疏勒河上来。波光粼粼，像一个个音符在五线谱的丝行上跳。

歌曲中速、深情。

歌声优美悦耳，甜甜的音，悠悠的韵，浓浓的情。

啊，疏勒河，生活的河，
戈壁上不尽清波，
莽原上无边春色。

啊，疏勒河，悠久的河，
落霞里仙葩婆罗，
流云里铁马金戈。

啊，波光粼粼，涛声起落，
疏勒河从大漠流过，
涛声起落，波光闪烁。

滚滚的疏勒河，
你从那大漠里流过。

滚滚的疏勒河，
你从那史册流过。

歌声像从远古飘来，是穿越时空的天籁之音。

音乐会上演出了西部歌王王洛宾作曲的女声合唱《阳关颂》。听着这乐声中的合唱，比上回在家里更是气派。

鼓号声中，丝绸道上驼铃声回响；丝弦阵阵，一粒珍珠在好大一个金盘上。

还有音乐家李锦生作曲，女高音歌唱家胡文慧的独唱《飞天之歌》。

仙乐从天上来，胡文慧蹑步在玉阶，徜徉在清虚。烟袅袅馨香飘逸，风习习彩霓牵衣。

女声独唱《金色的艺术节》是音乐舞蹈史诗《东方红》中一举成名的歌唱家邓玉华作曲。著名歌手樊引娣蒙式的黄袍金饰，风度翩翩。姑娘俊美，歌声甜甜。她唱出了湛蓝的晴空、洁白的雪山、绿色的希望、金色的长河、火红的今天。

人唱红了，歌唱火了。

音乐会上还演出了音乐家尚德义作曲的混声合唱《祥和欢乐颂》。

"唵嘛呢呗咪吽。"

佛家的六字真言歌，引人到了佛天的境界。

乐音阵阵悦耳，歌声句句悠扬。

音乐会在掌声中落幕。

音乐会后的一天晚上。焕金做梦，悠悠忽忽去了一个很远的地方，是她和金元一起去的。碧空如洗、六合无际。

他们去了，见到了王洛宾。

王洛宾让金元和焕金坐了。

王洛宾给焕金和金元斟了酒。

焕金饮了说："这酒真是香甜可口啊！"

金元说："这是天宫里的酒。"

焕金说："噢！"

他们谈着别后的事。

一会儿来了一个飘然女子。

王洛宾给金元和焕金介绍说："这就是三毛。"

焕金说："你就是大名鼎鼎的台湾女作家三毛小妹？今天见了你，可是我焕金有幸！"

三毛说："常听洛宾兄说起你俩，今天得见姐夫和焕金姐姐，很是高兴。"

焕金笑着，看了一眼王洛宾。

金元看见焕金看王洛宾，他就给焕金说："这三毛是洛宾兄的妹妹。"

金元还强调说："是洛宾兄在那个世界里早就认下了的亲妹妹。"

焕金说："噢！"

王洛宾说："你俩现在忙什么事？"

金元说："招呼孙子上学。"

焕金说："招呼孙子上学！晚上陪着写作业。孩子熬上半夜，早上叫起床，早上十声八声地叫不醒。"

三毛说："我那会儿上中学，数学老师可真是心狠，一个晚上布置那么多题，我熬夜就熬到后半夜。早上奶奶叫我起床，我死活起不来，奶奶扶起我，给我穿上衣服，硬是把我拉下床来，用湿毛巾擦擦脸，给我挎上书包。我就跌跌撞撞地到校去。"

说着话，三毛重演那懵懂的样了。惹得大家都笑了。

饮了两杯酒后，金元想起了一件事来。

金元对王洛宾说："那次在我的家里，洛宾兄可答应我一件事。这几年来，你一直欠我一个人情。"

王洛宾说："什么事？"

王洛宾问着，突然想起来了，他说："噢，噢！是要我给兄弟赠弟妹的那支歌谱曲的事是吗？"

金元说："正是。"

王洛宾说："那还不容易？"

于是一个仙女抱了一台箜篌来，置于王洛宾面前的八仙桌上。

金元站起身来，朗诵那首歌词。

王洛宾略挽衣袖，和着歌词，手指在琴弦上点击按捻，那音符就在弦上跳动。激越时似芭蕾，天鹅在湖面上踏波；轻柔处是莲曲，采莲女在船边伸出纤纤细手，脉脉池水也含情。

> 如果把人生比做远航，
> 你便是雾海上灼灼的灯。
> 穿过九千八百八十个黑夜，
> 你给我送来光明。
> 于是五更时我不再寂哭，
> 于是风雨中我不再心惊。
> ……
>
> 啊，把人生就叫做人生，
> 你是我人生之路依命的人。
> 采天星你轻抒玉臂皓腕，
> 安游魂你微动明眸芳心。
> 于是我不再慕尘世的浮光掠影，
> 我只求永远的与你相亲。
> ……

句句有深深的情，曲子似心的脉动。金元听着激动得流泪了，焕金和三毛也沾湿了衣裙。

焕金醒来了，心想这梦也真是有情。

焕金将梦中的事说给了金元。

金元说："苏东坡曾说人生如梦，倒不如说梦如人生。"

第二十九章　和合扇

中国的扇文化，最原始的有蒲扇，是一只蒲草的大叶子。在《济公》的故事里可以看到，济公和尚躺在草坪、地埂上，卧在树杈枝丫上，扇动蒲扇，驱蚊纳凉。行走时斜插在衣服的后领里，是云游天下、不拘小节、放荡僧人的造像。

有时候扇上两扇，还会扇出高僧的法力、行侠仗义的威风来。

《西游记》中铁扇公主的芭蕉扇，可是一件威力无比的重武器。一旦扇过去，就天崩地裂，飞沙走石。那强烈的辐射力度，要比孙猴子十万八千里的筋斗还要远。

它神奇得可大可小，小了可以含在公主的樱桃小口中，大就大得连天蓬元帅也扛不动它。

《三国演义》中诸葛亮有一柄与众不同的鹅毛扇，他扇着，除了显示自己羽化了的悠闲，在扇扇子的时候，就会想出许多高明的计策来。对付东吴孙权也好，对付北魏曹操也好，确实是很神秘的，也很有效。

团扇中大的是仪仗队里的道具，是一种很威严的象征性标志。在皇上的金銮殿上，由两个贴身的宫人各持一柄，交叉着举在万岁爷的身后。

皇后、皇姑出巡时，銮驾的队伍里少不了要有两柄大团扇，招摇过市，盛气凌人。

小团扇在皇室的后宫里多见，主子用宫女也用，驱走蚊蝇、引来凉风。官宦人家的小姐、丫环也都备用，除了驱蚊赶蝇，还扑蝶戏耍。《红楼梦》中就有宝钗扑蝶的游戏。宝钗扑蝶，步履轻盈，姿态娇美。

说到折扇，更有大用，除了小团扇的那些妙用，它折叠起来携带很是方便。公子、绅士都用它，戏中的文生、相公都拿着它，文生可以题诗送友，相公可以谈爱传情。变脸戏中的武生用它遮面，驱鬼的钟馗就有一柄阴阳折扇。

大清的乾隆皇帝有一把特别的折扇，是他防身的武器。用起来收展自如，招数非凡。如刀横劈，似剑直搠。三步之内，就是天底下暗算他的武林高手，或是图谋不轨的宫中大内，都会被他的折扇绞成肉泥。

自古的歌舞剧目中，都有用扇子的舞蹈，或单扇或双扇。舞蹈的扇子大都是丝绸的桃红色折扇，有长出扇柄的虚边飞沿，有洒金簇银的流云散点。舞起来颤颤地抖动，如蜻蜓展翼在荷花箭上，似彩蝶翻飞在百花丛中。合起来似荷花在含苞待放，展开来犹如红莲盛开。转动着若彤云，走动时是流彩。扇遮半面有用纱掩面的含羞，抱着它有怀抱琵琶的娇态。

焕金就是观察了这中华扇子的诸多妙用，文的武的、文武相合的，结合着太极拳的招式，创作了"武舞单扇"、"武舞双扇"、"和合扇"，熔扇子的舞技与太极的武功于一炉。她参加了香港、台湾、福建等地举办的全国及国际武术表演大赛。

在一次武术高手云集的表演舞台上，帷幕徐徐拉开。焕金身着白色武术紧身衣，红色的衣边，红色的盘扣，英姿飒爽。

音响中传出："由焕金女士表演自创精彩武术——和合扇。"

台下掌声响起。

焕金快步走到台子的中间，双手拢起，行抱拳礼，转了个大半圈，又回到正面。刷一下挥动，双扇展开。

焕金的扇子若流光闪动，身子旋动着走出一大两小三个快速旋转的光圈来，那旋转的圈儿似花朵盛开。乍看去若哪吒的风火轮，旋转着又是钺斧砍下，是弯刀削来。三环转动，三环中引出一轮皓月来。

《三环套月》，焕金在月中，似那嫦娥在舞剑，也似仙子舞水袖。

《三环套月》过后，第二招《仙鹤亮翅》，焕金单足虚踏，双手举起，两把扇子扇动处翅下生风，仙鹤振翼。徐徐凉风渗人心脾，旋风过处落叶尽飞。

第三招《顽童指路》，左看看是一仙翁长者，扇子轻轻点去，是那正路。右一看，一个刁蛮的奸贼，折扇挥去，也不知把他引领到何处的悬崖恶涧中。

第四招《孔雀开屏》，两把折扇展开来拼在一起，一面五彩锦绣的孔雀尾屏，在舞台上转动着十分美丽，尾翎横出似神鞭，扫过去，周边的一切皆在不测之中。

第五招《鸳鸯戏水》，第六招《金鸡独立》。

鸳鸯戏水，波动风生，微则轻柔，强则波涌，水淹金山，翻江倒海；金鸡独立，傲然不凡，退则守，愤则进。

《湖中鹤影》是舞也是武，虚幻中有静美，不可捉摸。折扇紧收如《织女穿梭》，美妙处杀机重重。

《怀中抱月》《鹞子翻身》《昭君扑蝶》《嫦娥奔月》叫你看得眼花缭乱。

《拨云见日》《天女散花》《仕女露颜》《大鹏展翅》《追星赶月》《翻云覆雨》是一幅幅画，是一支支歌。

《顶天立地》威灵显赫，《行云流水》道法自然。

《天马行空》一道金光，《马踏飞燕》朵朵彩云。

《丝路花雨》若鸣镝飞矢，《平沙落雁》溅起一片黄尘。

《猛虎出山》显虎威，《虎踞龙盘》是双雄。

《猕猴摘桃》有齐天大圣的手脚，《策马扬鞭》铁蹄铮铮。

《九天揽月》抖落满天星星，《马到成功》凯旋归来，旌旗蔽日。

……

三十回合招数，招招精彩，《天人合一》将宇宙六合集于一身。真可谓气运小周天，身在太空中。

焕金的脚步在地上，稳稳地踏着文王八卦的轨迹。

离卦为南方，卦数为9；坎卦为北方，卦数为1；震卦为东方，卦数为3；兑卦为西方，卦数为7；巽卦为东南方，卦数为4；艮卦为东北方，卦数为8；乾卦为西北方，卦数为6；坤卦为西南方，卦数为2。

文王八卦体现了事物循环过程中顺随的趋势，天体的旋动，四季的更替，作物的生长。它出乎震，齐乎巽，相见乎离，至役乎坤，说言乎兑，战乎乾，劳乎坎，成言乎艮。

这一切盈盈有象，出入无方。似在她的足下、在她的掌中，其实是在她的心里。

焕金的表演使观看者大开眼界，在武术表演中另辟蹊径，开启了一方新的天地。

表演后一个舞剑的中年女子问焕金："大姐是怎么想的，就悟出了这么精彩的拳路来？在武术表演中，你真是异军突起。"

焕金说："大妹子过奖了！我这只是想着将我们民族传统大众美学的理念糅合到武术中来，使武术上再增加一些舞美的成分。"

女子说："噢！"

焕金说："你的舞剑和我也是一样的。"

女子说："不，我的舞剑还是传统的套路。虞姬舞剑自尽，项庄舞剑有诈，但套路都是一样的。我也想着创新一下，就是无从入手。"

焕金说："我也是偶然得来，随意引入。这种事刻意不得。偶然得来、随意引入的就自然得多，从生活中来的就有大众的美。刻意了，就会过多的地掺入杂念，就有了束缚，反而不利于创新。"

女子说："你讲的很有道理。你怎么就偶然得来、随意引入了？"

焕金给那女子讲了一段往事。

有一天，焕金教练她的孙女儿诗月学打太极拳。练习累了，坐下来休息，焕金坐在树阴下，诗月拿了折扇，打开来给奶奶扇凉。

焕金说："这树阴下挺凉爽的，就不用扇子了。"

诗月说："那好！奶奶就在这儿休息一会儿，我去花园的那里玩玩。"

焕金说："不要走远了！"

诗月说："噢！"

孩子毕竟是孩子，一会儿累了，可说不累就不累了。诗月去花园边，打开折扇扑蝴蝶。

焕金偶然看到，诗月扑蝶的动作中，掺杂了许多太极拳路的动作来，她看着看着入神了。

诗月举起折扇，单足虚立，不正是白鹤亮翅吗？那蝴蝶捉迷藏一样又飞到诗月

的身后，诗月步履相随，转过身来，扇子在手中翻转，上臂用劲，下手蕴按，真个是一路玉女穿梭。

焕金不由自己地叫声："好！"

诗月停下手来，欲按住的蝴蝶又飞起了。

诗月说："奶奶，你嚷嚷什么？你这一喊，我到手的蝴蝶又飞了，还什么好哩！"

诗月努着嘴。

焕金说："蝴蝶飞了好，蝴蝶飞了还可以再扑，好让我再看看啊！"

诗月心想，这蝴蝶飞了，叫我再扑。这好什么好，看什么看？

那蝴蝶又飞到了诗月的眼前。

诗月两手分开，一手持扇，右肘尖逆缠，左肘尖顺缠发劲，右足在前沿地面铲进，左足后随。招式即出，吓得蝴蝶飞过花丛，远去了。

焕金又喊："好！"

诗月停下手来说："蝴蝶都飞去了，你还叫什么好？"

焕金说："我看你是用太极的拳路、用扇舞的动作扑蝶，这武舞相合，独成一路拳套，是很美的。"

那舞剑的女子听了焕金讲故事一样的叙述，激动地说："这真是自然天成！你要刻意去想，一定是想不出来的。"

焕金说："在孙女儿扑蝶的启示下，我就开始创作武舞单扇。"

焕金又讲了那个翻云覆雨的故事，是她有一次去看秦腔戏的《杨家将》，焦赞、孟良跟着杨宗保去攻打穆柯寨。穆桂英抢去了杨宗保，焦赞、孟良要救人，救不来。他们那本领，在穆桂英跟前真是窝囊，他俩拿穆桂英没有办法，就想着用火去攻穆柯寨。

焦赞拿出一个火葫芦说："我只会放火，不会收。这放出了，收不回来，伤了少帅，你我回去不好交差。"

孟良拍着胸脯说："你只管放就是了，我会收，收的事就包在我身上。"

焦赞这火放出，大火熊熊，向穆柯寨烧来。守寨的小喽啰赶忙跑回去报告给了穆天王。

穆天王叫来了穆桂英说："你硬要缠那大宋的小子杨宗保，这倒好，惹怒了他们的焦孟二将。焦赞放山火，烧到了咱们的家门口，你看怎么办？"

穆桂英说："那好办。我有阴阳扇，要北风有北风，要西风有西风，还怕那山火烧了咱家？"

穆桂英拿出阴阳扇一扇，呼啦啦卷起一阵西风来，将山火扇得掉回了头，那火团直向焦赞、孟良蹲的地方滚去。

焦赞叫孟良赶快收火。

孟良扎了个坐禅的样子，口中念念有词。然而慌忙中念错了咒语，招来了风婆电母。风婆电母助着穆桂英，西风大作，火团铺天盖地扑了过来，又披头压顶地裹住了焦孟二人，烧得两个人胸前的美髯都成了焦茬，脸也熏得乌鸡一样，躲在山野里，羞得不敢回大营去。

焕金说："穆桂英的阴阳扇给了我启示，这翻云覆雨的拳路在我的心中就有了端倪。"

女子说："焕金姐，真是好悟性。"

焕金接着说："魔术师表演时，也常拿一把折扇，将手帕捏在手里，搓够了，用扇子扇着就落下来许多的落花。扇子能扇下落花来，我就创意了丝路花雨的拳路。"

这正是无心插柳柳成荫。

第三十章　太极小公主

　　三月的香港，该开的花都开了，港湾里的海面上是浓浓的春意。香江的水飘浮着淡淡的香。

　　"迎奥运杯"第六届香港国际武术节武术套路大奖赛在这里拉开了帷幕。

　　六岁的诗月登台表演女子组42式太极拳，她身穿红色的太极服，小小年纪就显得疏朗潇洒。俊俏的脸庞，滴溜溜的眸子，天真可爱。

　　诗月站在台子的中央，孩子小了，周边给观众的空灵感就大了，诗月像是偌大的宇宙里一颗闪亮的小星。

　　诗月起步后接着一个《搂膝拗步》一只小小的手搂过膝部，手和脚的前后方向左右相错。她从前膝搂过的手由上到下，从左往右，弧形格化防守的同时，另一只小手为展掌向前击出，身手配合很是到位。场上一片掌声，摄影机的闪光灯频频闪亮。

　　诗月在《单鞭》的拳式中，两个小腿前后分开，一虚一实，上体正直，她憨憨可爱的双目沉稳。伸开两臂，一手为勾，意在刁拿，一手为掌，意在进击。诗月手臂击出时的弹力、按劲，使场上的评委们个个惊叹，有的轻轻拍手，有的频频点头，那表情，都是发自内心的赞许。

　　诗月右脚立地，以右腿为轴，瞬间身子迅速右转，同时左腿抬起上摆，那宽舒的衣襟随着飘起，小小身段显得那么洒脱。她以左手合击左脚。看得出来，劲由腰带，转体流畅。一个《旋风腿》，神态、身姿，转动合击，完全符合教范的要求，也能看出功底的扎实。

　　……

　　诗月又一个《雀地龙》身体倏然下降，一腿屈，一腿伸出，身体大幅度降低重心，提高了对身体重心的控制。下肢的力度稳健如磐，前手以拳由下向上击出态势，用力皆在度中。以心行意，以意导气，以气运身。

一场精彩的42式太极拳打下来，评委们个个佩服，亮分牌个个以高分亮出，终评为42式女子太极拳第一名金牌得主。

第二天，小诗月出场女子组32式太极剑的表演。

诗月起势之后以剑尖由上向下点击，她那迅捷突发的用力，随着提腕将臂伸直，力达剑的刃端。随后将剑平起，自左下方向右上方削去，力达剑身的前部，左手朝着剑的方向，一个漂亮的剑指。

场上一阵掌声。

三步之后，诗月手中的剑，以下刃由上向下劈击，用力之处真是金断石裂。接着转身平剑，由下斜着向上方拦过，她用的是右拦剑，前臂内旋，手心斜着朝下，贴着身体的左侧弧形拦出，剑尖斜向左前。

又一个左拦剑，前臂外旋，手心斜向上，贴身右侧弧形拦出，剑尖斜向右下。

诗月的防拦动作干净利落，用度用力皆在习谱中。

诗月拦敌之后又猛然撩出，力达剑刃前部，前臂外旋，手心向上，贴身弧形撩起，剑衣飞襟，似那小小木兰与父比试的样子，动作、剑艺炉火纯青，评委席上的那个主评委做出出彩的手势，脱口叫好。

在场地上，诗月依八卦五行踏着剑法路线，四正的前后左右，四隅的斜进斜退，迈步如猫行，运行似牵丝。纹丝不乱，毫厘不差，与阴阳相匹配，与宇宙为一体。

诗月斩剑、压剑、绞剑、刺剑、截剑、扫剑，剑剑到位，神稳形秀，成竹在胸。

她练得娴熟了，在场上，虽变化万端，而理在一贯。

诗月的太极剑术，是严格地遵守着太极拳的技术要领，柔和稳缓，均匀连贯，中正安泰，进退自然，意在剑先，身剑一体。

诗月用剑，抽、带、抹、崩、撩、刺、点、绕、托、挂、劈、截、拦、扫、格、压、绞、提，无不精当，体现了中华太极剑的典雅、蕴藉、刚柔合一、从容大

度的奥秘。

真如太极歌曰：

太极原生无极中，
混元一气感斯通。
先天逆运随机变，
万象包罗易理中。

一场表演下来，诗月再获金牌，全场轰动。

收场后记者频频采访。

在这次国际艺术节的武术套路大奖赛中，焕金和孙女诗月都获得了非凡的成绩。

焕金说："我更看重孙女儿的成功。"

焕金还说："对于一个孩子来说，打太极拳可是有相当的难度，诗月在四到六分钟里能一气呵成，是很出色的。"

记者报道：

诗月受到国内外武术界人士的一致好评。

诗月的表演引起武术界泰斗们的注意，世界太极养生科学联合会、太极拳总会秘书长、中国杨氏太极拳第五代传人崔仲三，法国武术总会、大中华武术家黄宝锋博士、中国乔氏太极拳第二代传人重要代表人物洪丽，中国禅武道创始人、国家一级散打裁判宁秋离对小诗月表示出极大兴趣，甚至有意收她为徒。

崔仲三当场邀请诗月参加将在北京举办的世界武术比赛。

兴趣是孩子最好的老师。

像所有受到父母宠爱的孩子一样，诗月是家里的小公主、爸妈的掌上明珠，爸妈的开心果。

在女儿参赛的日子里，小诗月的爸爸志华为女儿创建了一个精美博客，写了一首小诗：

> 雏鹰腾空初展翅，
> 远赴广岛舞太极。
> 遥闻大赛传佳讯，
> 年少更当志千里。

这首诗寄托了志华对爱女的期望。

谈到诗月的未来，志华说："我们没有想过将来一定要她成名成家，路由她走，一切随缘。"

说起诗月对太极的天赋与痴迷，志华和妻子文娟都很高兴。

太极是中国文化的精粹，它博大精深。

大家争着看《西都鑫报》上关于诗月的报道：三岁跟着奶奶学太极，六岁国际大赛夺金牌。太极圈里小公主，武林之中小英雄。

第三十一章　从木兰拳到丝路拳的秘密

　　焕金练原地太极拳，经中国武术九段、世界华人武术联合会主席郝心莲点拨，参加了"第七届南少林华夏国际武术大赛"。

　　焕金仰慕花木兰，对木兰拳也由衷喜爱。

　　花木兰是传说中华夏历史上一位令国人崇拜的女英雄。有一首著名的叙事长诗《木兰诗》，有一个民间广泛流传的故事《花木兰从军》。

　　故事说，有一个曾经为了保卫华夏国的国土、在战场上立过赫赫战功的老英雄花弧，大女儿名花木蕙，二女儿名花木兰，年幼的儿子叫花木力。

　　花木兰从小跟父亲学文习武，渐渐长大，她武艺非常，文韬武略，熟谙兵法。

　　有一年，华夏的北土界疆遭突力子率兵侵扰，中原的安全受到威胁。地保送来朝廷的军帖，要在册军校立赴边关，去贺廷玉元帅军中报到，参战保国。

　　花弧当时已年迈体衰，实在难承此任。

　　地保再三催促，花木兰就心生一计。她要女扮男装，冒名弟弟花木力替父出征。

　　花弧听了坚决反对，认为花木兰一个女孩子在万马军中很不方便。何况这次与突力子的北蛮铁骑作战，是刀枪相见、兵刃溅血的事。虽说马革裹尸是常理，但他心疼木兰还是个孩子。

　　花木兰见难以用语言说服父亲，就提出与父亲比武定夺此事，目的也是叫全家人放下心来。

　　那天木兰与父比试，也着实对打了一番。拳拳相迎，刀剑相磕，十八般武艺都比试了，花木兰招招得手，步步占先，无半点破绽，无丝毫疏漏。

　　全家人放心了，父亲也同意了，就为木兰置办了战马鞍鞯，送木兰去从军出征。

　　花木兰到了贺廷玉元帅军中，每每出战冲锋在前，克敌制胜。她很快被擢升为上将军。麾下两员战将，一名周明，一名王福。

　　那天木兰与北蛮军对阵时，北蛮将军兀拉秃里与汉将周明首战十余回合不分输赢，各自鸣金招回营中。

　　接着相争的是双打双对，长着三缕黄发的北蛮战将是赖摩达合律，这黄发使一对紫金锤。北蛮另一将官阿脱发，使一柄三环鬼头刀。汉将二人，王福使单戟，刘忠使双钺。赖摩达合律对刘忠，只三个回合，刘忠败下阵来。敌阵中嗷嗷的喊声四起。王福与那阿脱发交手，三七回合，得了个平手。

　　北蛮元帅突力子求胜心急，跃马阵前，指名呼喊汉军元帅贺廷玉对决。

　　贺元帅气得面目铁青，二目圆睁。

　　花木兰见状，赶紧勒马元帅身边说："元帅息怒，看小将拿下那突力子来！"

　　花木兰跃马阵前，手持一柄单枪。突力子见一员少将，哪会放在眼里！手中单刀直取木兰。

　　两军呐喊，花木兰拍马挺枪挑战突力子。一个单刀娴熟，一个单枪出众，两个人敌斗三五回合，不分胜负。贺元帅马上看着，心中紧张。

　　又是十数回合，花木兰蛇矛点去，直搠突力子咽喉。突力子吓出了一身冷汗，乱了手中的刀法。他用刀架过一枪，将要拨转马头，花木兰单枪由下向上撩去，力达枪的前刃，她前臂外旋手心朝上，旋动枪头，将那柄单刀从突力子的手腕处撩离两丈之远，接着一枪挑去，直撩突力子腹下。好个花木兰，突然又从马上跃起，旋转身子一个燕子踩，将个力大无比的突力子击落马下。

　　贺元帅见势，号令兵将掩杀过去，将那突力子缚了回来。

　　贺廷玉守边十数年中，被那突力子年年骚扰，毁了我兵将万余，生灵涂炭。今日得报此仇，当场砍了突力子的首级，血祭英灵。将那首级蜡封于生牛皮的匣中，派出快马连夜送往朝廷报捷。

　　花木兰因在贺元帅军中冲锋陷阵，生擒敌军元帅突力子，她深受贺元帅的赏识，获得朝廷的嘉奖。

后来，花木兰挂帅守边，敌人听其名，皆闻风丧胆。

花木兰守边十二年，界疆上安定，美名流传。

花木兰为后世留下了木兰枪法、木兰拳。

木兰枪法有开、合、崩、点、扎、拨、撩、缠、带、滑。与那内功的沾、黏、化、拿、发统一在一起，以周身之劲力运合于一枪之中，开可发于外，合能收于内。与那马上将官相遇，拨挑与撩刺只在瞬息中。

木兰拳刚柔结合，在拳路的本身，体验着在发展中不断对产生矛盾的逐一解决，从而达到内外高度的统一。集武功、谋略、实战于一体。快捷处当快捷，沉稳时当沉稳，似张弓拉弦，将鸣镝飞矢强力推出。

枪法、拳路是一样的，劈击要猛，搠刺在锐。

木兰枪法、木兰拳有其独到之处，自成一家。

焕金几年来心领神会，细细琢磨，对木兰拳的精髓融入了她的原地太极拳，使她的原地太极拳达到了更好的刚柔结合。

有一次焕金去莫高窟旅游参观，喜欢上了莫高窟的壁画，她从壁画中寻求中华艺术的美学韵味时，注意到了飞天香音神那绝妙绝美的姿态。

焕金是一个喜欢舞蹈的人，她不只是跳跳玩玩而已，她是要从那些舞蹈中寻找出更为有用的东西来。

莫高窟飞天的舞姿给了她启示，她从诸多的飞天舞姿中有了发现，那就是要更新一个理念的、武舞结合的亮点。

飞天舞姿的美是多不胜收的；飞天舞姿的美是深不可测的；飞天舞姿的美是神秘奥妙的，要不怎么叫她们香音神呢？

飘飘地飞来，悠悠地飞去，舒展的衣带，回旋的裙角。神指似兰花，蛾眉是柳叶。袒胸露腹溯源去，赤脚披发自归来。反弹琵琶，横吹洞箫。风袅袅，花飘飘，星灿烂，云荡荡。一切皆在舞中，一切皆为情生。

焕金想，如果将飞天的舞韵一缕缕一丝丝地化在她的原地太极拳中，那拳中的美学理念一定会在一个想象的全新拳路中占据它的灵魂，丝路拳将会在太极的旋动中展现。

焕金是这样想的，她也这样做了。

丝路拳将会是太极拳中的一朵奇葩。

焕金想到这里，一支歌又从她的心中飞升：

碧空如洗，

六合无际，

载歌载舞掠过浩渺天宇。

......

一身晨曦，

一路花雨，

飞进新的世纪。

......

第三十二章　天　合

志中是天合集团的董事长。天合集团名下的西都天合房地产开发有限公司，有好多好多房屋，住宅楼有高档豪华的，有中档的，也有在政府的协调下，修建的棚区改造经济适用房。有商铺、大厦，有专为发展教育事业设计修建的教育港，也有为社会公益事业修建的供人们休闲娱乐的公共客厅、广场、草地、水景等。

天合集团是一个很有实力的庞大企业集团，有优秀高效的管理层，有一支年轻有为，具有现代科学技术，工作快捷、勇往直前的企业队伍。各项工程质量在国内领先，与国际接轨，诚实守信，植根社会，为民为国。

志中的办公室还是多年前的那间，不大，陈设朴素。

志中接了一个从安定打来的电话，公司正在安定修建那里的教育港。

安定是志中母亲的故乡，那时候他们没有一间属于自己家的房子，母亲是在娘家的一个窝棚里生下的他。

安定要改造市容，要发展新区。母亲听了很激动。母亲对那地方是很有感情的，志中自己也是情有独钟的。安定地方上招商引资，志中就决定在那里建一个天合教育港。

地方单位在电话里说："近来这里二期工程的摊子铺得太大，进度也快，资金有点跟不上去。一期工程业已完工，由于市区全方位的配套还没有跟上去，房产还是闲置的多，我们相邻的几家也是这样。所以我们建议，将二期工程暂时停一下，待调整后再看怎样？"

志中说："这事我也知道，发展要有个过程。前些时间我去你们那里，见到政府的同志，他们正在采取一些措施，改善新区的现状。首先市委市政府的办公楼要迁过去，新区的各条道路要修建完成，现在还在旧城里的一些单位、企业也要陆续搬过去，情况绝对是会好起来的。

再说，对二期工程你现在停工，会有几百职工闲搁、几千工人没事干。这职工咱们养着，这几千工人的失业会带来千家万户的生活问题。工程怎么能说停就停下来呢？"

电话里说："那资金问题呢？好几家建材厂家催这件事呢。"

志中说："资金我会尽快调拨，那些厂家我协调就是，可工程绝对不能停！"

志中做事果断，说话斩钉截铁。特别是在为国家、为民生的利益上，他会全力以赴，绝不含糊。

志中给自己沏了一杯茶，坐在沙发上，看着茶杯边上徐徐上升的热气，热气一缕缕升上去散开来，又变得淡淡的，飞絮一样消失了。像淡化了的云朵隐没在天宇里一样，看似消失了但它一定还是存在的，在某个地方，或是在记忆里。这引起了他对多年前的事物的遐想。

那一年全世界经济危机，我们国家也被卷在那危机风暴的边缘。国务院决定以拉动内需，进行经济自救。

那时志中决定将他的全部资金投入进去，为了国家，也是为了民生。

志中想着，李嘉诚说过，有能力的人，要为人类谋幸福。历史上有很多有创意、有抱负的人和群众，同心合力，在追求无我中推动着社会改革进步。

母亲给他讲过胡雪岩故事的几个片段。

胡雪岩在社会乱世的时候开了几家很大的药铺，杭州的胡庆余堂就是其中的一家。他把自己钱庄的钱投出去开药铺，大家都觉得他很傻。

胡雪岩的心里也明白，他在战乱中开药铺只是个善举，想以此赚钱是万万不可能的。乱世中常有瘟疫蔓延，兵匪交结，伤残无数。百姓流离失所，或水土不服，以致生病；或风餐露宿，饥寒交迫，致使生病。医药不济，大病缠身。这些人急需医治吃药。然而乱世之中，人们外流，几个人的身上能有银两呢？所以造成医者不敢开门、开门必是白看病，药房不敢开门、开门必然是赔钱的局面。

可胡雪岩叫他的各地钱庄另开医所、药铺。看病、取药来的人，有钱的少收一点钱，无钱的就给白看病、白取药。

当时国家的军队抵御外侮，士兵作战受伤，多有感染。朝廷经费短缺，军队苦于无助。

胡雪岩和湘军、绿营的军方达成协议，由军方只出收购药材的本钱，他胡雪岩派人领着军中的派员，到各地去购买原材料，再由他召集当地名医，配方制成防疫、治创伤的各种成药，送到军营中去。

这件事在国内影响很大。

大清重臣曾国藩知道后，感慨地说："胡雪岩为国之忠，不下于我！"

1875年（光绪元年）天灾引发瘟疫，胡雪岩雇人身穿印有"胡庆余堂药号"字样的号衣，在水陆码头，向下车、登岸的乘客、商客免费发放避瘟丹、痧药等"太平药"，为救百姓于水火花了不少心血。

据说从光绪元年到光绪四年的三年多时间里，胡雪岩向民众免费发送的医药费用就有十多万两银子。

那年，配合国务院的决定，志中投入了他全部的资金，他自觉他成了一个一无所有的人。可不是么？他投资办了个大企业，企业运转了，他自己却成了两手空空的人。

一边是国家、社会的发展，一边是个人艰苦创业的奋斗。这是一对天大的矛盾，要让这对矛盾统一起来。他给自己的企业取了个"天合集团"的名字。

天合是事业，是志中的事业。

天合是理念，是一种至高的理念。

天合者，天人合一，就是上苍与世人的相合，是上苍的旨意与世人的猛志的相合。是中和理念的升华伴随着一个优秀民族的形成，抱一守中，尚中戒偏，尚同去私。以民为本就是天合的灵魂。要不怎么说中华民族是龙的传人呢？

志中在想：《论语》中曾八次出现过关于"和"的观念。如"礼之用和为贵""和无寡"等，"和"字有中和、平衡、天合、恰到好处的意思。

　　《中庸》中所论述的天合与中和观念是极明确的，"喜怒哀乐之未发也，谓之中，发而皆中节，谓之和。中也者，天下之大本也；和也者，天下之达道也。志中和，天地位焉，万物育焉"。文中将中和与天地并论，可见古人思致的幽深缜密。

　　志中想着，在地上来回走了几步，站在窗子前望着街道、人流、车流，高高低低的楼群，社会的祥和繁荣。

　　志中自言自语地说：太珍贵了！在历史的发展中它能动地调和着各种矛盾，作为全社会的统治理念，往往也就顺情顺理地被大众接受了。

　　是这样，它确实是深入了人心。

　　人们年复一年地运用天合、中和观念在现实生活中调整人伦关系，安慰自我，求得生活的平静，渐渐地形成了民族生活的信条。

　　志中喝了一口浓浓的茶，倍觉心旷神怡。

　　志中由天合想到中和又想到诚信。他心里说：商事要讲诚信，做人要讲诚信。天下的很多事，都要讲诚信。

　　胡雪岩做商崇尚的一些信条，诸如"先交朋友，后做生意"，"吃亏就是占便宜"，"权重如山，财流如水"，为自己在商界赢得了相当高的人气。他以诚待人，以信交人，使自己的名字成了信誉的代名词，成了驰骋商场的金字招牌。

　　我们善良的先哲，曾执着地信守天合的精魂——"至诚"性格，对人对事都信真守诚。它是伴随事业成功的灵魂。

　　志中现在追求着他事业中美的哲学。爷爷是中国大众美学的开拓者，他对城市规划建筑美学有着超前的认知。在他的美学论著中就涉及到，一个有相当规模的现代化大城市，就必须要在规划与修建中有相应配套的公共客厅、休闲娱乐场所、绿地、水面。特别是要有一定数量造型美观、高档舒适的公共厕所。这一点绝对是不可忽略与疏漏的。

　　人是在吃喝拉撒睡中生存，酒店、饭庄的豪华，居室的高档只占了五分之三，剩下来的五分之二不被人重视，特别是不被城市的管理者重视。

　　志中想着爷爷的这一美学理念，一搁就被闲搁了几十年。外国人，特别是发达国家的人重视这一理念，可咱们刚学着起步。有一个学者在会上高谈阔论，外国的城市里，公厕是如何的高档，我们也应当如何去作。难怪妈妈焕金那一回风趣地说："还外国，外国！那修建高档次的公厕，完全是你爷爷的理念，这真是出口转内销啊！"

　　确实，这是爷爷几十年前的城市美学观点。

　　父亲在爷爷的美学理论基础上又有了自己的发展，他用美学建造的是诗的殿堂。

　　天合事业中蕴藏着奥秘的美学观。

第三十三章　建筑美学

志中在办公室里刚刚处理完手头的事，在桌子旁翻看几天来的报纸。翻来翻去，只看了几个大标题。忙惯了的人，休闲一会儿，自觉也烦躁。

彤来了，彤是志中的老同学。高个儿，黑发浓密，仪表堂堂，办事沉稳，待人和气，刚从非洲回来。

志中给彤沏上茶。

志中说："这是上等的好茶。茶是水与酒之间最好的饮料，没有水的无味，没有酒的浓烈刺激，它清淡飘香，怡情养神。"

彤说："是啊，古人郑板桥饮茶有言，从来名士能评水，自古高僧爱斗茶。品着茶神仙一样，不正是你天合的理念吗？"

志中说："是啊，是啊！所以我就是喜欢饮茶。"

志中在茶中加上了桂圆、红枣、枸杞。

彤笑着说："这天合的内涵是很丰富的。"

志中会意，笑着说："是啊，天合是我们民族最高，也最理想的生活理念。"

彤说："是中华民族生活和生存的哲学标准，它富有自强不息的生命力。"

志中说："是的。噢！你是国家建筑师，你去非洲一定是做公事的。"

彤说："是公事，我去考察了一下。说实在的，你去那里看看，信许可以增强你的雄心，拓展你的实力。那里的环境，自然的人气的都很吸引人。那里的绿野就大得无边无际，你弄一片，搞个教育港，一定是世界顶级的港湾。"

志中说："经老同学这么一说，我的心里确实是痒痒的。"

彤说："你是美学世家的后裔，就应当有一片在世界上最理想的场所，精心雕琢一座美丽的人间天阙。你发展教育港的理念我很赞赏，是建筑美学的典范，是集

文化、传承、时代、科学、教育、人文、便捷于一体的美学理念。"

志中说："说来，我在建筑中一直是探索爷爷和父亲的美学理念，继承它，发展它。"

彤说："建筑美学就是你的事业。意大利的米开朗基罗发展了世界建筑美学，他设计督造的梵蒂冈大教堂，每一尊仙子的雕像都居世界巅峰。我看那一缕缕刀痕，一丝丝琢磨皆是神工。你打造的何尝不是米开朗基罗那样的巨制之作呢？黄河之滨的一幢幢高入云天的似一尊尊象牙宝塔，那就是天合的金字招牌。"

彤接着说："一个朋友送给米开朗基罗一截象牙，米开朗基罗构思了几天，是雕一艘远航天涯的救世方舟呢？还是雕一座跨越时空的桥？后来决定雕一尊宝塔。宝塔玲珑剔透，那颜色和宇宙浑然一体，那质感像伸手触摸凝脂一样。人们赞誉为人间的天堂之作，一件旷世的精品象牙宝塔。后来欧洲的文学作品中就有了象牙宝塔这个名词，寓意高雅、圣洁，人们向往中的殿堂。它是建筑美学的灵魂。"

志中说："米开朗基罗是全世界美学家向往的人物。"

彤说："神化的米开朗基罗的确是天上的一颗星。教授和金元教授的美学都有米氏美学的流光溢彩，你在建筑美学上的成就，是对他们美学的发展。"

志中说："你是建筑美学的专家，你的见地确实是超然，你我有心声的共鸣。"

彤说："那是。"

志中从柜子里拿出来一个精致的红木盒子，打开来是天合集团的银牌，银光闪闪，图案精细绝伦。

志中说："这个是我留给你的，今日幸会，送给老同学是个纪念。"

彤很高兴说："这真是个宝，很有收藏价值。"

志中说："辰叔叔、桃丹阿姨近来好！辰叔叔可是个大忙人。"

彤说："都好。家父还是忙他的小说创作。金元叔和焕金阿姨可好？他们也是闲不住的人。"

志中说："很好，家父搞诗作搞译文，母亲打太极、画国画，确实闲不住。"

晚饭后彤离去，志中带给辰叔叔两停上好的新茶，是青花瓷的原封罐装。

这一年志中约了彤去南非考察了，那里是一个好地方，自然环境都很优越，在那里发展事业一定是比较理想的。

三年后，在南非的一块草坪上，志中和彤打了一局高尔夫球后，坐在草坪边上的白篷布遮阳伞下，一个小巧的圆桌前的靠椅里品着香槟。

不远处是两层的漫延的白色建筑群，全是南非香樟木建造，美观、环保、抗震。是那一年中国外交部、建设部援建南非的项目，是志中捐资，国家增助的南非天合教育港。

白色建筑有淡黄色的横线条图案，洁净、雅致，给人特别舒服的视觉。一块场地上学生在做课间操。蜿蜒远去的弦线一样的公路上有汽车往来，是那里的都城免费送给教育港的车队。

近处有一条界河，界河上的高架桥也是志中捐资国家援建的。几十米宽的界河河水汹涌澎湃、惊涛骇浪，先前界河上只有一条钢丝绳一个吊篮的过河工具，两岸的人基本互不来往。

传说远古时候，界河两岸是两个小国家，各筑堡垒遥遥相对，厮杀、掠夺。国家统一后，河对岸的丘陵地区人们贫困，这边平原人们富裕。后来迁去平原的人多了，一切有了发展，可丘陵地区还是那样。那一年志中和彤来考察，志中提出在界河上建一座桥，教育港建成了也方便河对岸的孩子上学。

志中如愿以偿。

志中望着河对岸的古堡说："你说下一步，那里的人们该怎么？"

彤说："开发旅游吧！"

志中说："好啊！你我想到一块了，目标就是那块地方的古堡。"

彤说："不论去哪儿旅游的人，就是想看看那远古的遗存，想知道那里早已尘封的民间习俗。"

志中说："唤起人的好奇心，求知的心。"

彤说："是的。"

两个人望着远处洁净晴空的蓝天，晴空下一定还有一片神秘美丽的去处。

第三十四章　舞台大人生

学校百周年校庆正在紧张地筹办中。

校庆有好多要做的事。组织参观、举办科研讲座、搞经验交流。有茶话会、有书画展，有一台规模宏大的高水平文艺演出。

诸多项目，焕金就参加了两项：书画展与文艺节目的演出。

焕金喜欢写意国画，一幅千年的大寿桃，特别引人注目。从画的构思、色彩、泼墨用笔，画的创意，更深层面的内涵，鲜明的主题到画的厚重大气、周边的空灵舒朗、边款的典雅适中，都堪称是画展中的上品。

焕金身居斗室，几易其稿，费尽了心血才成就了这么一幅画。要不，能那么吸引参观者，赢得频频点头、啧啧赞许？

在文艺节目中，焕金组织部分太极拳爱好者，演练了一幕生动精彩的《原地太极拳》表演。预演验收结束时，节目的总策划、总编导，叫住了焕金，要她留一下，等整个预演结束后和她商量一件事。于是，焕金就留了下来，陪总编导看完了所有剩下来的节目。

总编导给焕金说："你们的《原地太极拳》很专业，每个人的动作很标准、很干净。"

焕金说："总编导过奖了！姐妹们在训练中很认真，各人都尽力了。但不到位处还是很多，请你多指导！"

总编导说："我看还是蛮好的。我留下你来，是我有一个节目，节目中的主角是一位多年在外地工作，回母校来看看的老教授。我选这个演员选了很长时间了，没有物色到合适的人。今天与你不期而遇，听你说话流利、吐字清晰、语调也好。请你演这个角色，可以吗？"

总编导很会说话，焕金也听得清楚明白，她的心里很激动，但有些突如其来的丝毫无准备的惶恐。

焕金说："是总编导对我过奖了！我担心演不好你的角儿，会使你失望的。"

总编导说："我相信我的眼力，我也相信你。演练几次一定会演好的，我一定不会失望的。"

焕金说："那我就试试。"

总编导说："那就定下了。"

这几天焕金还真有点忙，要背记台词、领会台词的意义，要品味台词的韵律，还要设计出配合台词的各种动作来。

这真是林黛玉初进贾府的那会儿，不敢多走一步路，不敢说错一句话。这一切，都为的是走进角儿。

焕金的公公是教授，焕金的丈夫是教授，焕金住在大学的院子里，每天都会碰见好几位教授跟她打招呼，和她说话。她和那些教授又说又笑的。按理说她是能很快进入角色的，但要自己当一回教授为什么就这么难？

她决心下功夫，一定要演好《梦回毓园——回到我们的母校》这出戏。

那么，来吧！亲爱的，
让我们握起不再轻放的双手，
顺着这条熟悉的小路，
慢慢走去。
不需走得太远，
只需走近，
笔墨清香的往昔。
……

焕金一遍遍地背记，她觉得她就在核桃树下绕了几圈，她又来到了水塔山前。

和她一起的还有那个中年男子和那个女青年。

焕金想着那两个角儿的台词她也要记下来，以便在他们朗诵时她在动作上配合。

> 不必书写壮观，
> 只需描绘一个大写的"人"字。
> ……
> 不需走得多么铿锵，
> 只需走得睿智而坚实。
> ……

焕金又背自己的词。

> 让我们珍藏年轮，
> 让我们珍藏记忆，
> 让我们珍藏所有路过的风景，
> 在母亲的身边聚齐。
> ……

焕金表演给儿子们看，表演给儿媳看。全家人都是她的观众。

孩子们说："妈妈真像我们学校里的老师啊！"

校庆的一天终于到来了。文艺演出中，报幕员报了节目。台幕流苏一样，慢慢拉开。

焕金登场，配着音乐声，步履潇洒。

一个中年男子，一个女青年陪伴着她。

焕金来到台前，白色的小西装卡腰上衣，同样颜色的套服筒裙，一领长长的红色围巾从微微凸起的胸前垂下来。银发，是讲台上岁月的落尘染白。足蹬时髦的高跟鞋，体态健美。那矫捷中可以幻化出当年在讲坛上给学生讲述道理，传授知识时的侃侃谈吐与满腹经纶的学者风采来。

焕金昂首挥臂，中音朗诵，语调沉稳，举止大方。

我回来了，
回到我的校园，
安静的校园。

回到核桃树下，
回到水塔山前。

一如游子，
回到母亲身边。
我们不再忆沧桑，
细数流年。

中年男子声音宏厚，青年女子活泼可爱。

回到松柏树下，
回到文科楼前。
……
回到丁香树下，
回到明月夜前。
……

焕金俨然是一位以诗为友的教授。

　　所有的憧憬都有了完满的结局；

　　所有的明媚还留在那个岁月。

　　夕阳的余晖，依旧洒下一路的笑语，

　　我弯腰拾起林荫道上，

　　美丽的诗篇。

　　……

　　教授的眼睛里放射出多年后离去又回到母校的激动的泪光来。那光是热情，是好奇。是要从好奇的陌生中、从变化了的一切中寻找当年的影子，哪怕是一点点，也的确只是影子。

　　让我们沐浴丁香的芬芳，

　　走近你，

　　走近浩瀚博大的典籍。

　　我翻开厚重的历史，

　　寻找自己的位置。

　　……

　　教授漫步在她心中一直印记着的那个乐园里。她绕过那个教学楼，在钟塔前走了一圈。

　　她坐在图书馆门前的台阶上留影，憨憨的她，有着少女的天真。

　　所有的眷恋和记忆，

　　是我们一生的小夜曲。

　　……

　　站在铺开人生的路上，

我们学会拥抱温情。

……

一年过去了，她长大了一岁。看见新入学的学生，她就是学长了。从走路的姿态、步子的快慢、态度的坦然，从说话中都要表现出来。

展放青春的胸怀，
书写自己的诗句。

……

又过了一年，她风骚多了，衣服也添新的了，新的衣服也洋气了。参加舞会，从礼堂那里走过来，步子上都带着风，心里是那个她最悦心的交际舞——狐步舞的乐曲，音韵的点点滴滴还在带风的裙边回旋。有时还似乎在那脚尖上。头抬得高高的，秀发在脑后扎成的马尾巴甩过来甩过去的，也似在舞曲的韵律中跳。天真烂漫，很幻想的，是过着真正的大学生生活。

又一年就又变化了，要马上去面对现实，她沉稳多了。

教授原回到舞台上。

我们回到校园，
血脉相连的校园。
我们牢记嘱托，
我们牢记承诺。

我们牢记，
明天的所有憧憬。

……

焕金演出归来，大家见了，都称她教授。熟人、朋友在开玩笑，陌生人还真的以为她就是教授。

焕金想，舞台大人生，她在舞台上度过了一次大人生。

生活往往是很有戏剧性的，我们看过刘晓庆的武皇戏后，印象中，谁都觉得武则天就是刘晓庆的样儿。看了《还珠格格》，人们的脑海里留下来的格格就是赵薇、林心如那样。焕金演过了女教授，女教授就是焕金的样儿。

第三十五章　超越终极

　　焕金近来身体不适。先前一排子42式太极拳打下来，觉得分外精神，最近打不完42式，就自觉困了。

　　焕金去医院找大夫看。

　　门诊大夫说："你应该没有什么病。自觉困累就注意休息，把每天的活动量减一减，调理调理就好了。"

　　焕金回来后，把每天打太极拳换成了作操、散步，遵照医生的建议，每天晚上她就早早地睡了。

　　就这样过了月余，身体还是那个样儿。焕金又去了医院，给那个门诊大夫说了情况。

　　门诊大夫说："既然这样，我给你开一个体检单子，全面检查怎样？"

　　焕金说："那好。"

　　焕金去体检了。

　　体检后，体检大夫说："这体检还有化验的项目，结果要出来还得两天，两天后叫你的家里人来取体检的单子。一定叫家里人来！你注意休息，就别跑了。"

　　焕金说："噢。"

　　焕金想，这医院我确实懒得进去，那体检报告就叫三儿志颂抽时间给她取回来。

　　志颂和雅芝去医院拿体检报告。

　　大夫问志颂："你们是焕金的什么人？"

　　志颂说："焕金是我妈妈，这雅芝是她儿媳。"

　　大夫说："那就好。你们妈妈的病，前天通过透视和B超，我就看出了七八分。

所以我叫你们家里人来。化验后，我们确诊，病情——"

志颂急切地问："我妈妈，她到底是什么病？"

大夫说："是腹内恶性肿瘤，病变晚期，现在得赶快住院。"

志颂说："什么？啊！"

志颂一下子跌坐在大夫对面的凳子上，豆大的汗粒从他的面颊上滚下来。那平日里办事沉稳的脸上，刷一下变得惨白，口唇颤颤地不知在说什么。

雅芝也被婆婆的病情和志颂的脸色吓呆了，她猛然回过神来，拼命地扶着志颂说："赶快去告诉大哥吧！"

志颂也从茫然中醒过来说："是，是呀！"

雅芝扶着志颂走出医院。志颂是焕金的小儿子，是妈妈的宝贝心肝，从小受着爸妈的宠爱，两个哥哥也特别喜爱这个小弟弟。志颂还是个孩子，小两口遇到这事，茫然无所适从。

雅芝说："咱们给二哥先打个电话，一起过去找大哥，好吗？"

志颂说："行！"

雅芝给二哥打电话："二哥，你先到大哥的办公室，我们很快就过来了。有点事，咱们碰碰头！"

志华电话里问："啥事？"

志颂拿过雅芝的手机说："二哥，你现在就去，我们马上到，是急事。"

志颂压了电话，志华只听说是急事，摸不着头脑，就赶紧过去了。

在志中的办公室里，志颂把体检报告给了大哥。志中看后，呆呆地坐在身后的靠椅上。志华见状凑过去，从大哥的手里接过体检报告，也被这突如其来的惊雷一样的消息吓傻了。

志中皱了皱眉头，摇了一下头说："这怎么可能呢？这事再叫医生核实一下，我去核实。可千万不能告诉妈妈！爸爸出差在外，这事暂时也别告诉他。"

大家都说："知道了。"

大家要回时，志中又说："这事，都要冷静，在家里和往常一样。"

大家走后，志中看着妈妈的体检报告，掉下了眼泪，眼泪从他的面颊上流下来。弟弟、弟媳在时，他强忍着要流出来的泪，他知道体检报告的可信性。现在的医学技术对这么严重的病诊断失误的可能性很小，医生签字出这份报告一定是很慎重的。核实是要去核实的，这是人本能的反映，然而错诊的希望是很渺茫的。

妈妈的命怎么这样苦？她半辈子很穷困，父亲的病又拖了她那么多年，我们弟兄是她省吃俭用、宁可自己挨饿着拉扯大的。现在家境刚好了，她又——

志中要哭出声来。

下午志中去医院，医生给他详细地分析了妈妈的病情，他只有无望地回来了。

晚上全家人聚集在一起。焕金看大家都很沉，只有志中勉强笑着给她说："妈！你的体检报告出来了，医生说住几天院，吊一吊瓶子就好了。"

焕金听了说："住几天院，还要吊吊瓶子，我是什么病？"

志中说："没有什么病，就是理疗一下。"

焕金说："理疗？我在家理疗就行了，去医院干啥？"

焕金想她是叫志颂去拿体检报告的，怎么是志中拿来了？而且大家还一起来了！

志颂只是低着头，一声不吭。

焕金觉得情况有些异常，她意识到自己可能是得了什么重病，要不为什么一定得去住院？

焕金心里想着，可态度坦然地说："病么，人人都得，既然要我去住医院，得给我说说清楚，我到底是什么病？我得有个精神上的配合。病还有个自治的过程。我糊里糊涂地去住院行吗？那是走亲戚！不说清楚我不去住院。体检报告给我，我自己看。"

志颂说："妈！你就听大哥的好了，别犟了。"

焕金说："听什么听，犟什么犟？体检报告给我！"

志中说："医生说你腹内有个肿瘤，要治疗，必须得住院。"

焕金说："什么肿瘤？大不了得了癌症，就是得了癌症，有什么好看的？住院不住院都是一样的，那我也不去住院。"

志华说："妈！"

志中摆了摆手，叫二弟别往下说。

焕金看儿子们的表情，心里已有数了，她不想知道得太具体。

志中说："妈妈的意思是?"

焕金说："你们谁有空，领我到外地去散散心，我想什么病都会好的。好是天命，好不了也是天命。你们也不要给我说我得的是什么病了。体检报告，我也不看了。"

停了一下，志中说："那也好。"

志中了解，妈妈是个很要强的人，就是给她说得透透彻彻，她还是那话。

志华说："我陪妈妈去外地散散心。"

志颂说："我去，我有工夫出去。"

志中说："你们就算了，我去。我陪妈去，妈想去哪儿，我就陪妈去哪儿。好吗?"

焕金说："就志中陪我去。我这病的事暂时不要给你们的爸爸说，他去上海参加诗歌创作研讨会也有几天了，电话里说，过几天他就去杭州。我和志中此去，估计在杭州可以见到他。"

孩子们都说："行!"

志中陪妈妈去了江南，江南气候温润，风景怡人。志中的心思不在风景上，多好的风景，这会儿在他的心里都那么黯然失色。只要妈妈高兴，他就行。这次陪着妈妈出游，是他毕生的幸福。孩子时，妈妈陪着他玩，给他讲故事，生活虽苦可岁月甜美。曾惹妈妈淘气，他心里又过意不去。

金元与焕金、志中相约，如期在杭州见了面，大家都很高兴。焕金叫儿子瞒下自己是在病中之人，儿子口头上应许了，心想看情况找机会告诉爸爸。

几天来焕金的情绪很好，志中也就将要告诉爸爸的话暂时搁了下来。

那一天去游杭州的西湖，他们去了断桥，去了湖心亭，去了雷峰塔。他们还去了西湖边上的岳飞庙。

岳庙里有岳飞《满江红》词作的石刻，有岳飞生平的连环画，岳墓前，还有铁铸的秦桧造像。

志中说："岳飞对朝廷忠心耿耿，到头来惨遭杀害。在岳飞大战朱仙镇、屡战屡捷时，宋高宗偏听信秦桧，力主降和。一天就降下十二道金牌，命岳飞收兵。岳飞迫于君命，班师回朝后，被诬陷死于狱中。今天看来，那事明明是赴死，别人劝他不下，他偏偏回来。"

金元说："历史的事，也就是那样。如果岳飞不回来，就是反叛朝廷，何谈精忠报国，后世的人就不知怎样评说岳飞了。"

焕金说："就是。"

志中说："爸爸说得是。"

那天晚上焕金做梦，梦中她去西湖荡船，西湖夜黑风高，水波澎湃。是那《游西湖》戏文中的李慧娘兴风作浪。看那李慧娘披头散发，脸色蜡黄。焕金说："我看过《游西湖》，你慧娘是个善良厚道、正直钟情的女子，今日怎么还在这西湖之中，弄得横波连天，搅得我这船都要翻了？我小时姐姐给我讲过，好人都上了天堂，恶人都下了地狱！你这放荡在阴阳界上，天不收地不管的，何处是你的归宿？"

李慧娘说："当初白素贞叫我到天上去找她，我是报仇心切，也是舍不下那个冤家裴生。如今贾平章那奸贼已被我除掉，我成了这样子，裴生离去了。我上天无路、入地无门，只有躲在这西湖冰冷瘆人的深水之中，夜晚出来活动活动，以解寂寞。"

焕金说："既然白素贞叫你找她，你何不去找她？"

李慧娘说："路途遥远，我孤身一人，若路上遇到强人，我一个弱女子怎么是好？"

焕金说："我陪你去，我也想见见素贞她们。路上的事，你尽管放心，我练过42式太极真功，还怕什么毛贼虎狼之类？"

李慧娘说："那好！"

两个人去了天宫，去找白素贞。

自那次白素贞的儿子得了状元，去西湖水边的雷峰塔前祭奠被法海压在塔下的母亲，状元秉烛焚香，只一跪拜那雷峰塔哗啦啦就倒了下来，一道青烟升空变化成一朵白云，云头上站立着白素贞，向着状元挥了挥手去了天宫，就成了白云菩萨。

她们两人去了天宫，见到了白云菩萨。

白云菩萨说："慧娘妹子，我早就叫你来，你却迟迟不来。今日来了也好，我这儿正忙着需要人手，你歇息几天，我一定给你个满意的差事。"

她又说："焕金妹妹你来干什么？人间还有你要做的许多事。你陪我和慧娘、小青她们用过餐宴，你就回去好了。"

焕金说："那好，我就听姐姐的。"

一会儿小青约了木兰、桂英、排风她们来了，餐宴上切磋拳路、投注饮酒，很是欢心。焕金多饮了几杯就昏昏睡去。

焕金醒了，原来是一梦。那梦断断续续的还记得很清。

焕金将梦中事告诉了金元和志中。

金元说："吉兆，吉祥之兆！"

志中说："是，是啊！"

焕金在金元和志中的陪伴下旅游回来后，自觉身体比前更是困乏无力。在大家的动员下就住进了医院。

焕金知道了她的病情。

主治医生坦诚地说："你这病，在我这里治愈的，恐怕只有百分之一。"

焕金听了，玩笑地说："那百分之一就是我。"

主治医生说："那是。"

经过了一个阶段的治疗，焕金的身体慢慢恢复了，那个骇人听闻的病就这样，说好就好了。

焕金是超越了终极劫难的人，这的确是一个奇迹，是一个谜。这个谜底，别人猜不出来，焕金自己也猜不出来。焕金设想过一连串的可能，想从中寻找出答案来，都失败了。后来，她认准那是天命。

第三十六章　水墨丹青

焕金喜欢画国画。在一个家里，不要说刻意指教，教授作画，她看得多了，潜移默化中也会看出那笔下的奥秘来。

教授画过一幅国画小品《草》，画中三棵草上有三朵小花，旁边一只小草上一个花苞。题诗：

世人种花我种草，
爱草如花从来少。
草忽着花草亦花，
花不开花花亦草。

焕金很喜欢这幅画，因为她自觉她是个农村姑娘，她就是山野里的一棵小草，长大了也是那一朵草花。

教授的这幅画，画出了生机盎然的春天来，春天其实就是草的春天。画中草花占据一隅，左方题字，上方空灵，大有天苍苍野茫茫、风吹草地的苍茫感，也是唐朝大诗人白居易的野火烧不尽春风吹又生的离离原上草。

画中的草叶水墨饱满，用笔厚重。丰茂的叶子，显示着一岁一荣连绵繁衍的精神，是无名小草在这大千世界里彰显自己的存在，无富贵、无霸气的朴素淡泊。

焕金细细地品味着画的创意、创意的用心，作画的手法、用笔用墨的妙处，临摹着画了一幅。乍看去，似公公的亲笔之作。

教授还画过一幅国画小品《兰瓜》，是教授兴致的恣意挥洒，几笔大写意的叶子，用笔泼墨，疏密得当。叶展枝舒，浓淡适度。迎风带露，生机勃勃。顺势勾出

三枝两束藤蔓来，挥笔之处左右开合，浓墨点出蒂结，中锋水墨抹去一笔，那兰瓜就悬于枝叶之下。

教授的用笔舒朗潇洒，大开大合，自然天成，混沌处则混沌，微妙处则微妙。

焕金也临摹了一幅，亦有教授画中不尽的风采。

焕金作画，不失教授美学的传承。

焕金作了一幅《牡丹》图，艳美而无娇柔、繁茂而无重沓。观其画，有一种香远万里的感觉。深色的是那盛世皇朝的贵妃，粉色的又似初嫁的新娘。一幅《荷花》出水带露，不艳不妖，不卑不俗。一幅《秋菊》傲霜而立，淡雅得你若看那画幅，仿若你也身居仙境之中。一幅《梅花》傲骨铁枝，几笔朱颜点去，那花在枝头怒放，在春风里含笑。

国画讲究立意，立意就在布局之中。国画讲究笔意，笔意就在挥洒之中。

焕金有一个画室，画案上铺开来六尺的宣纸，边上砚瓦、笔洗、笔挂、调色盘占去了一角。另一角是勒石篆刻的狮头云边、雕纽纹饰的画印。画印都是朋友、同行相赠的。

焕金站在画案前，眼下天地广阔，笔墨朱颜，蛇行龙舞。下笔时中锋侧锋交替，回旋自如，以意象性与象征的主观形象展开来一个多维的时空关系。

好的作品都是这样在无意与有意中得来的超时空、超现实的画面再现。成就的才是力作。

焕金的心里想着，一幅好画要由美术的基础语言元素，点、线、面、色构成，是像非像中得出。国画大师潘天寿说：生活是生活，艺术是艺术，不能也不必要完全一样。

说来容易，做来还是很难的。

有一次焕金临清代画家朱耷的国画《荷石水禽图》，临了好几张画稿，才画出了点味儿来。

有一天金元的同学辰来，给焕金带过来一方他新近刻的大篆"焕金"二字的满白文画印。焕金很是高兴，招呼辰坐了，给沏了清茶。

金元见了辰，就拉着他去了书房。

那天金元一个音节一个音节地扣着莎士比亚十四行诗的原著。

金元说："莎翁之作，文意与韵味真是独有的美。"

辰说："是啊！生命从绝色中繁生，美之蔷薇就永远不会消失。屈夫子写芳草，莎翁笔下的蔷薇，美意都是一样的。你是搞西洋文学的，那蔷薇在你的心中一定会是另一番感受。"

金元说："也许。但我想天下的诗也是相通的，是比兴，比兴的美意。"

辰说："是的，是相通。"

金元要搞一部莎翁十四行诗的译注。他善诗作，译出来的句子就更有激情；他博览西洋文学原作，注释也很翔实。

金元将译注好了的几首给辰看。

辰读着一首译文：

> 哦，俊美如果有诚心伴随，
> 看上去一定要俊美好多倍。
> 你觉得美丽的玫瑰更美丽，
> 因为它蕴含那种沁香芳菲。
> 仅只是论色彩的娇颜华丽，
> 野生蔷薇与馥郁玫瑰相争。
> 夏风吹开罩着花蕾的外壳，
> 它虽在刺丛，也娇艳惹人。
> 因为它独有的美就是色彩，
> 无人眷恋倾慕就悄然凋谢。
> 美丽的玫瑰并非那样短命，
> 它的香魂艳骨可提取芳菲。
> 你也如此，率意美丽的小伙，

美逝去，诗把你的赤诚提取。

辰读完了说："好！"

辰又读了一首，看后边的注：诗中引用了《圣经·马太福音》中的一则寓言，上帝把财产分给三个下人，其中两个人利用钱赚钱受到上帝奖赏，另一个人把钱埋在地下不加利用受到上帝惩罚。

辰看了说："有意思！"

又一首中：

> ……

> 不论我的五官，还是五智，
> 没法坚守忠心，把我侍奉。
> 擅自逃逸离开了我的肉体，
> 沦为了你心的奴仆和随从。

> 我只能知道，我因祸得福，
> 她诱我悖逆，又使我赎罪。

辰说："这五智是常识、鉴赏力、想象力、判断力和记忆力。是吗？"

金元说："是的。"

辰说："我看这里的'赎罪'，是不是你们作诗人的空空自白？"

金元说："意会，意会！只可意会。基督教认为人生即受苦赎罪。既然诗人受苦，也就赎了罪，故曰'因祸得福'"

辰说："诗人的所想就是比常人的玄。"

金元笑了。

辰看了一幅焕金画的毛竹枝头一对白头翁的花鸟画，写意的竹枝用笔劲挺，枝叶交织，疏密有致。工笔的白头翁羽毛丰满，富有生趣。

辰说："这些日子不见，你的画大有长进。这幅画，那鸟儿的羽毛、捉喙、利爪，皆精细逼真，画面渲染精妙，赋色鲜润，是一幅工笔绝佳的好画。"

焕金说："辰兄过奖了！"

辰笑着说："我们几个同学还背地里谈论说，你是教授的儿媳，一定是教授偏爱你，给你讲过绘画的家传秘诀。不然咱们大家都是一起习画，你的进步咋那么快？桃丹还说，焕金一定是掌握秘诀的，可焕金大度，你套一套就能套出一点来。"

金元说："是吗？"

焕金笑着说："哪有秘诀？有秘诀，我不说给别人，还不说给你？"

辰说："那是！"

金元说："我也这么想。"

焕金又说："噢，我还忘问了，桃丹姐可好？"

辰说："她挺好的，她也向你问好。"

焕金说："下次你们一起来，可一定！"

辰说："一定。"

焕金的花鸟四条屏，还有梅花、牡丹、紫藤等，被收入省的《当代书画家艺术典库》。

焕金多次参加学校和省老干部书画协会举办的各类画展，受到大家的好评。

中午志华和文娟领着诗月来了。他们从超市上买回来好多东西，志华拎了两大包。

志华和文娟给辰打招呼："辰叔叔好！"

辰说："好啊！我这侄儿侄媳真是孝子，看这好吃的东西，你们的爸妈能吃好几天的。"

诗月拿了个大桃子，去水龙头上洗了洗，拿过来给辰说："辰爷爷吃这个，奶奶说过，这个是寿桃，吃了可以成神成仙的。"

辰抱起诗月说："好一个可爱的小公主，真会说话！辰爷爷就吃你洗的这个寿桃。"

辰咬了一口，吃了说："真甜！谢谢诗月。"

金元取笑着说："看，那么大一个寿桃，你辰爷爷可是个有口福的人。"

说着话，大家开心地笑了。

金元、焕金和志华、文娟留辰在家里吃饭。

文娟下厨做饭，志华帮着。一会儿就做好了很丰盛的一桌子。青椒肉丝、鱼香白菜、清炖鱼、黄焖羊肉、八宝米粥。

辰说："侄媳真是好手艺，志华有这么个巧媳妇，可是幸福了。"

志华说："这全是我指导的，有些我还要亲手操作。"

文娟说："看看，又耍嘴皮子了。"

大家都笑了。

下午焕金画了一篮子枇杷，刚贴在墙上，诗月午睡起来，柔着惺忪的睡眼过来看了看，口里说："奶奶，我要吃枇杷。"

辰笑着说："快给你的孙女摘上一颗，你这枇杷画活了。"

焕金笑着说："我就给她摘一颗。"

焕金的手指在画上按了一下，伸到诗月的口唇边，诗月笑着，叭叽着小嘴巴。

大家笑着，志华说："诗月这真是望梅止渴。"

文娟说："辰叔是小说作家，你就给我们讲个故事吧。"

志华说："是啊！"

辰说："好。"就讲了个故事。

从前有两个画家比试技艺，约定了时间、地点，各带自己的画作去比试。

那天看热闹的人，在一座约定的花亭边围了几周。

两位画家到场后，一位画家将自己拎的包袱搁在桌子上。另一位画家抢先将自己的画挂在墙壁上。画上是几挂葡萄，那葡萄可真是画得逼真好看，在一片片浓密的叶子覆盖下，藤蔓自然屈伸，粗有粗的取势，细有细的动态。那绿色的葡萄，绿中透亮，水珠子一样。那紫色的，一粒粒紫中透红，红中发蓝，像真的包着一颗颗醇酒的玛瑙。

忽然一只山雀从亭子边的树上飞过来去啄那画上的葡萄。山雀扑了个空，飞走了。

场地上人人鼓掌，频频点头，啧啧赞扬。

这画家高兴得很，得意得很，斜着眼睛看了看桌子上的包袱，对他比试的对手说："还不快解开你的包袱，叫大家饱饱眼福，看看你的画？"

那画家坐在一旁，只是笑着，也不动手。

这画家又说："不敢比了，是吗？连包袱也不敢解开。那好，你不解，我帮你解开。别叫大家说，没有见到你的画呢，怎么说我赢了？"

这画家伸手去解包袱，原来是一个画成的包袱，怎么能解开呢？

看画的人一片哗然。

一个人说："那幅画蒙了山雀的眼睛，这幅画连这画家的眼睛都给蒙住了。真是天外有天，山外有山，高手中有高手。"

诗月听了，笑着说："奶奶的画蒙了我的眼睛啊！"

金元说："是啊，真的有意思！"

焕金高兴地笑着，大家都笑着。

品画，听故事，很开心的。

第三十七章　走出国门

中法建交50年中国书画名家作品交流展在法国巴黎举办。这次交流展在诸多报名参展作品中，选出24位中国书画名家作品在法国巴黎展出。焕金的国画作品经组委会终评入选，焕金也被邀请赴巴黎参加开幕式并与国际友人现场交流。

焕金的心情很激动。

交流展组委会认为入选作品数量少了一些，通知各位画家，每人再准备几幅力作，在交流会上一并展出。

焕金的入选作品是在公公的小品启示下，通过创意构思而成的《万年葫芦》。婆娑的叶子下藤蔓缠绕、飞龙附凤，高悬的宝葫芦千载万代灵光闪闪，寓意中法两国人民的友谊源远流长、万古长存。

接到组委会的通知后，焕金想了想，中国的梅花是青帝神的贴身护卫，也是在每年春临大地时，为青帝到大地上报春的特使。

焕金又想，中国历史上战国那个时候，有很多的诸侯国家。那些国家也相互交往，有些建立了邦交友谊，平日里也派使者互访。那些使者去了，在异国的土地上种植一棵象征友谊的树，寓意百年和好。那树中就有梅树，并以梅树为最珍贵。

焕金还想到一个故事。

当年林逋隐居在西湖孤山，植梅养鹤，饮酒作诗，虽然终生未娶，仍怡然自得。

古人王淇《梅花》诗曰：

不受尘埃半点侵，

竹篱茅舍自甘心。

只因误识林和靖，

惹得诗人说到今。

焕金想着这首诗，品味那个故事，这梅妻鹤子是说林和靖人品高洁，梅又是天底下最高洁、最纯贞的友情的幻化。这恐怕不能说是误，说误识是不妥的。是缘，是缘分。

焕金这样无边无际地想了一阵，自言自语地说："我就画四屏梅花好了。"

焕金就开始画《四屏梅花》。

第一屏是一枝白梅。白梅的花朵用粉膏点画，按着她构思好的腹稿点出，一簇簇如雪如云，散点的又如碎玉、珍珠。然后用兼毫画笔蘸饱浓墨，顺势写去，老干处枯笔飞白。铮铮向上的铁枝又穿云盖雪，在枝头上收拢了零星的散点。

一枝俏然白梅落在纸上，冰清玉洁，是纯贞丽质的象征、是朴素无华的大美。

第二屏是红梅。胭脂掺着洋红的花朵，似女孩子含笑的脸庞，那只细细的枝条，似在春风里颤抖，不是寒冷的瑟缩，是在东风里欢快地舞。一剪春风一剪梅，你欣赏着她，你将与她共舞。

第三屏是黄梅。在淡淡朦胧的雾里，是闺中女儿在颜妆。看着焕金动笔着色，你就会想起《孔雀东南飞》中的焦仲卿妻刘兰芝"对镜贴花黄"的诗意来。也会想到《千纸鹤》中秋花那"与君相逢，垂角花黄"的句子。

花虽各异，但颜色相通，是情相通的意念。黄色单纯、可爱，也是忠贞、忠勇、忠诚的象征。这幅画就代表友谊的真诚吧。

第四屏是绿梅。绿梅是很珍奇的，她珍奇得世上罕见，多在画中。在画中也就是在人的意想中。那花瓣，点点如翠豆，粒粒赛绿珠，高雅名贵。是贵妃凤冠上的那一颗，是文姬胸前的那一粒。

绿色是代表久长的颜色，高山巍巍，绿树常青，当是友谊永恒的象征。

焕金要出国了，赴法国参加中法建交50年中国书画名家作品交流展开幕式。在

兰州机场送行的有大儿媳慧珺，领着儿子昊。小儿子志颂并媳妇雅芝，领着儿子昱。

志华和文娟领着女儿诗月去台湾旅游，他们打电话，祝福妈妈出国一路顺风，诗月在电话里祝贺了奶奶，还给奶奶一个飞吻。

机场上，孙儿昊、昱和奶奶拥抱，祝贺奶奶。昱胖胖的很可爱，小手抱着奶奶的脸，亲了一下。昊虎头虎脑的，抵在奶奶怀里说："祝贺奶奶成功。"

儿子、儿媳都挥手致意，焕金进入待机厅。

飞机在首都国际机场转机，志中到机场招呼送行。

早晨6时10分飞机起飞，焕金从舷窗里看见志中向她招手致意，她也向着舷窗挥挥手。

飞机穿越祖国的上空，焕金从窗子里看到了黄河、长江。这可真的是两条巨龙，腾飞着向东方跃去。

长城好宏伟啊！飞机升空后它渐渐地小了，愈来愈小，那蜿蜒的形态清清楚楚地展现在眼前，从山海关到嘉峪关。

焕金将这一切尽收眼底。焕金想，难怪民间有个很风趣的故事，是说秦始皇被玉皇大帝派往凡间出任华夏国的天子，他从南天门上下来时，看到这么大一个地方，就想，我下去了叫人建个围墙圈起来，我好坐在里面安安稳稳地当我的皇帝。所以他下凡后把筑长城作为他的头等大事，但圈了一辈子，还是没有圈起来，因为它太大了。

飞机飞在了俄罗斯的上空，她看见了伏尔加河，她也看见了顿河，像两条细细的线，曲折蛇行的样子。歌里的伏尔加河是汹涌澎湃的，小说里静静的顿河是很气派的，下去看一看，一定是那样的。飞越乌拉尔山时，焕金座位前的视屏上显示出机外温度零下80度。啊呀！这时代，人都可以经历想都不敢想的奇遇。飞机一直飞去，舷窗外一会儿云海翻腾，远远看去，红一片紫一片的，真是色彩绚丽，气象万千。

这一天，焕金坐在飞机上追赶着太阳，从北京的早晨6点钟到巴黎的夜里11点钟，那轮红日还高悬在天空。

焕金感慨地说：这是我生平中最长最长的一天。

中国书画名家作品交流展在巴黎开幕。那天，天空瓦蓝瓦蓝的，真是晴空如洗。协和广场上高高的纪念碑旁，喷泉里水花飞溅，广场上象征和平的鸽子有的飞来飞去，有的昂首挺胸和市民一起散步。

书画展开幕，在掌声中，在鲜花丛中，在柔和的乐声中，中法两国的筹办官员剪彩、拥抱。法国各地来参观的嘉宾熙熙攘攘，他们指划着、欣赏着，啧啧称赞，频频点头。还有许多在法国的华人，焕金他们见了面倍感亲切。

展厅里是一幅用中、法两国文字写成的巨幅标语：

1964——2014

愿中法友谊之花永远盛开！

第三十八章　相会巴黎

巴黎的天空一尘不染，晴朗得透亮。塞纳河里的水，像映在天空里。倒过来，倒过去，顶上是深邃的蓝天。塞纳河上的游轮，一艘一艘。艾菲尔铁塔，伸向天宇里，亚历山大桥横跨在静静的河面上。协和广场斜对面的路边，高高的纪念碑上是戴高乐骑着骏马的青铜雕像。那高高的鼻梁和高高的将军帽，显得他威风潇洒，伟岸挺拔。香舍里大街高峻的楼顶，穿越时空、见证历史、经历过战争的风风雨雨、灾难的重重叠叠，是名城永久的地标。

那里是拿破仑为他修造的凯旋门，但他从战场上没有回来就战死了。后来是雨果的灵柩从那门里通过，送葬的人络绎不绝。历史就是戏剧性的捉弄人，又像是安排好了一切。历史的光华就捧出一个世界上举世无双的名城。

辰从视频上看到了中法建交50年中国书画名家作品交流展在巴黎展出，辰和桃丹在他的学生艾娃的陪同下，从德国的波恩乘坐飞机赶到巴黎来看画展。

艾娃是辰的学生章琼君的德国名字，章琼是辰早年的学生，她大学毕业后在波恩的一个大学里当教授。辰与桃丹是应章琼之邀来这里旅游的。

他们欣赏着一幅幅中国书画，都很是亲切。章琼更是兴高采烈，都拍着手跳起来了。

他们看着，四屏中国画，春梅、牡丹、荷花、秋菊，一路挂过去。画在巴黎清爽的天地里，倍感清新。

桃丹说："哇！是焕金的画。"

大家看着焕金的画，很激动的。

那个四色屏上，一枝俏出，天下春来；天香国色，乾坤锦绣；亭亭玉立，承夏露；秋菊傲霜，伊人精神。她那画给人一个画里的世界，心中的一鉴方塘。龙蛇竟毫端，是心的灵动；笔触凝重处，力透纸背。

看着画，辰说："焕金一定在这里！"

桃丹说："我们怎么才能找到她？"

辰说："守株待兔好了。"

章琼说："好！"

章琼拿过来展厅里给参观者准备的饮料，三个人坐在悬挂焕金画版块斜对面的沙发上。

他们一瓶饮料只喝了几口，焕金就从那边过来了。

辰说："你们看，那不是焕金吗？"

章琼说："你真神，将'守株待兔'搬到巴黎来，还挺奏效的。"

辰说："那是！"

桃丹起身迎过去，两个人碰到一起，都情不自禁地抱着转了一圈。

焕金说："怎么你一个人？"

桃丹指着说："那不是他们？"

焕金和桃丹过去见了辰和章琼。

焕金客气地说："这位女士？"

辰说："她是我的学生章琼君。现在德国波恩，是那里的大学教授。"

章琼瓜子脸庞，柳眉清秀，眉棱如塑。那眼似秋水的湖，是云隙里的那片天宇。淡绿色的T恤，外着蝉翼套衫，咖啡色的七分西裤，用紧扣扣着腰身，束装贴体。若纱幔中春来时的青帝，潇洒大方。俨然是美女学者的打扮。

焕金说："幸会，幸会！在这里认识你，很高兴的。"

桃丹给章琼介绍："这就是画家焕金，我们都是姐妹。我叫她妹妹，你年纪小，叫她焕金姐姐好了。"

章琼热情地说："焕金姐姐好！"

然后用德语重复了一遍，大家只听见话语中有一个"焕金"的词。

大家见了面，高兴得很。你想，从中国到巴黎，越过了千山万水。在这里见面，能不高兴吗？

桃丹说："刚才抱着焕金的时候，我就想，真的是天上掉下来个金妹妹。"

焕金说："桃丹姐真会说话，我也想着，天上掉下来一个丹姐姐。"

辰说："这会儿，桃丹有两个妹妹，我有三个妹妹了。"

章琼说："龙哥说得是，我可是两个姐姐，一个哥哥。"

章琼给辰当学生那会儿，辰大学刚毕业。在课堂上辰可是很严格的。课外了，年轻的辰和学生们在一起，的确像兄弟姐妹一样，好多的学生就不叫老师，叫他龙哥。叫惯了，就叫了他一辈子。

焕金笑着说："我们就都叫你龙哥了。"

辰说："好啊！那时鲁迅的学生都叫他迅哥。"

章琼说："就是的。"

记得有一年端午节的前夕，辰去上课。章琼听了一会儿课，就心不在焉地手在桌屉里弄什么。辰叫起来，狠狠地批评了一顿。下课了一个女生说："章琼给你做了一个荷包，你批评人家，人家不给你了。"辰说："不给就不给。"可第二天章琼还是给龙哥送了那个很精致的金鱼荷包。章琼的手可巧啦，橘黄色的丝线用钩针钩成，肚子里装进去香烟盒中的锡箔纸，用黑珠子缀上两个溜溜的眼睛，腹下是串珠的丝穗，悬起来在眼前摆动，是一只活灵活现的小金鱼。

那个端午节女学生送给龙哥的荷包有好多，金瓜、白菜、萝卜、葡萄、菱角、粽包、绣球、莲花等，都是学生的情谊，单纯得可爱。辰一直保存着，特别是那只金鱼。后来那些荷包，经过辰的妈妈的手，给了桃丹。

真是巧得很，金元去英国为他《莎士比亚十四行诗译注》的出版签约后正好赶到巴黎，大家聚到一起很是高兴。这海外相聚真的是不容易，是前世的缘分。

下午，他们参观巴黎圣母院。

巴黎圣母院建于1163年，是一座典型的哥特式教堂。

他们在尖拱的门前，抬头看着这座宏伟的建筑。

金元指着拱门顶上的那一排雕塑说："那正是有名的国王廊。"

辰说："是啊，那就是分别代表法国历史上早期国王的二十八尊雕塑。你们看那些雕像冠戴岸然，袍服疏朗，面部表情各异，又都仪态伟岸。每一尊是一个特定时代的代表。"

章琼说："是啊，是啊。"

焕金指给桃丹说："你看那个塔尖。"

桃丹说："那个塔尖好高啊! 那个尖直通天宇。"

金元说："弟妹可真是有眼力，那个塔尖高达106米，它直指天宇，好像要把人们连同这教堂一起送上天国。"

焕金说："你还真会想象的。"

金元说："那是。"

章琼说："大家看那教堂的顶部，一排连续的尖拱，显得瘦而空透，也正是金元老师说的那个理念，将一切要送上天国。"

辰说："就是，就是啊!"

随后他们跟着参观的人群进入圣母院，也进入那宏伟肃穆，高大空灵的教堂。大家也都虔诚地拜了圣母。

看着叹为观止的玫瑰花形，装潢严谨的彩色玻璃窗子。还有那些尖锐的设计都给人一种向上冲的感觉。这一些都是欧洲建筑史上划时代的标志。

大家瞻仰圣女贞德的大理石雕像，贞德头戴帅盔，身披甲胄，是在出征前对天立誓。她双手合掌，为民请命。仪态伟岸，正气凛然。

辰说："1429年，圣女贞德率领4000名法国人解除了长达七个月的奥尔良之围，成功阻止了英军的南下。这一年七月，贞德率军收复兰斯，并拥立法国太子为国王，就是查理七世。但是在攻打巴黎时，她与国王和贵族发生分歧，后援无继，贞德在战场上被英国人俘虏。虽然她拯救了法国，法国国王却没有救她，查理七世听任她被宗教法庭以狂热、撒谎、有辱圣名、亵渎神明的罪名宣判为异端，并处以火刑。"

金元说："圣女贞德的牺牲，激起了法国人的爱国热情。法国人英勇奋战，终

于驱逐了英国军队，也认清了那些披着宗教外衣的反动势力。"

章琼说："是啊！圣女贞德，就成为了法国历史上人们仰慕的女英雄。"

大家合掌，礼拜了圣女贞德。

大家走出圣母院，已是红日西斜的时间。高大的圣母院，和那从一座楼顶移到另一座楼顶，从一个巷道跨向另一个巷道的厚重的影子连在一起，给人一种黄昏的苍茫。人像是穿越到了八百年前的那个时空中，圣母院的拱门前再现了十一级台阶。

十一级台阶使圣母院那么高大巍峨，庄严宁静，年轻美丽。

仰视这座神圣的殿堂，是那火焰哥特式的艺术时代，登峰造极的镂空雕刻，那种孔洞艺术配上圆花窗的绚丽色彩，可与文学大师雨果《巴黎圣母院》中燃烧的夕阳，与卡西莫多在两座钟楼间点燃的木柴火焰争辉，一比高低。红棕色头发的巴黎敲钟人，撞击了封建时代的丧钟，预报人民时代要到来。

忘不了白衣美人，吉卜赛姑娘使人心碎的命运。

忘不了那个神甫副主教的惨死与该死。

……

一幕幕触目惊心的场面，都历历在目。

第三十九章　去卢浮宫

几个人相约，去卢浮宫。

卢浮宫从12世纪的城堡演变为16世纪的皇宫，再转型成为19世纪的博物馆，角色一再改变。现在已经是从布展、采光、观众动线、出入口机能，都在适应着每天一万五千名观赏者的巨大流量。

美籍华裔建筑师贝聿铭在旧卢浮宫北廊、南廊以及东端的方庭之间，位于广场的中央选择了新的出入口。

出入口的标志是玻璃的角锥形金字塔，金字塔高110多米，以金属及玻璃帷幕结构成现代极简主义的风格。缓缓移动的电扶梯恰好帮助观众从不同角度浏览金字塔的结构之美。进入地下，抬头仰望倒三角玻璃金字塔，就像是一个巨大的水晶钻石。人，就在水晶的幻影中。

进入展厅，有一幅法国十八世纪的画家达维特的油画《荷拉斯兄弟宣誓》。画面对人体"律动"的技法表现很好，充分发挥了人体动态的表情。

桃丹说："这画上的人和真的一样，活生生的。看样子，你拉一把，他们就会从画面上走下来。"

焕金说："你说得对，这幅画好就好在不是用线条来勾出轮廓，而是用明暗形成的渐变关系，用色彩来处理画面。这和我们用颜色画写意国画相似，画出的人就像活着的一样。"

辰说："是啊！焕金说的，这么一处理，画面就有了厚度感和重量感。明暗的渐变，使形体产生了向画面深处延伸的立体感。画家又用光线和色彩的冷暖变化，进一步强化了空间深度的真实感。所以桃丹说，画面中的人像真的一样。"

章琼说："焕金姐是行家，龙哥谈论得很老道。我们上学那会儿，看龙哥画画

时，我很羡慕的。"

辰说："我是信口妄言，焕金可是有实践经验的。"

焕金说："我也是正在学习中。"

金元说："谦虚的自负还是自负，怎么和我一样了？"

大家都开心地笑了。

还有一幅十五世纪意大利画家波提切利的油画《维纳斯的诞生》。

辰说："这幅画是用了近乎平涂的手法表现，给人以优雅、圣洁的美感。焕金，你说是吗？"

焕金说："是的，有些部位有我们工笔国画的味道。"

辰说："就是。"

他们走到意大利画家达·芬奇的《蒙娜丽莎》前，大家争着拍照。

《蒙娜丽莎》是卢浮宫的镇馆之宝，许多游客千里迢迢只为见这张画一面。因此，在卢浮宫中常常看到有旅行团小跑步寻找《蒙娜丽莎》。

《蒙娜丽莎》经过太多的传奇包装，加上防护的电眼警报系统、防弹玻璃，在卢浮宫中又永远有一大堆的游客围绕着，很难使人静下来感觉这西洋美术第一名作真正的美学层面。

所以面对《蒙娜丽莎》仿佛是一次考试，深深吸一口气，或许有机会在众人的喧哗中静下来，感觉那画面上一层层使微笑在嘴角四周荡开，如同水波颤动的光。

桃丹说："画上的这个女人，微微笑着，显示出娴静优雅，很是面善。看起来她心态平和、温柔，像一个雍容华贵的妇人。"

章琼说："桃丹姐说得对，我听说达·芬奇画这幅画的原型就是一个贵妇人。龙哥，是吗？"

金元说："我也听说是这样的。"

辰说："是的，蒙娜丽莎的原型是意大利佛罗伦萨商人乔孔达的妻子，1503至1506年之间，达·芬奇在他绘画技艺最成熟的年龄创作了这张肖像。其实《蒙娜丽莎》是以特有的神秘微笑，传达出十六世纪欧洲文艺复兴时期人们的自信和人文主义的思想。"

章琼说："这作画与小说创作一样，典型形象是与典型环境直接相关的，而不是孤立存在的，是吗？"

辰说："有道理。"

焕金说："章琼妹子说得是。"

法国画家达维特的《拿破仑一世加冕》是以其情节性与大场面著称。

大场面的主题作品中，典型形象一般有一个人或是一群，这就是画面的中心。围绕这个中心，艺术家又设置了与主题、中心人物、时代相适应的道具、环境、场景等。

辰说："你们看这幅巨制，画面上的群组典型人物形态各异，但精神专注，目光都在那个头戴橄榄枝、身披锦绣袍服的圣者手捧的金冠上。拿破仑一世手持十字形权杖等待着"黄袍加身"的那一刻。从那自负的眼神中、可以看出，在这个世上他将翻手为云覆手为雨的心理内视。"

辰看了一眼章琼，又说："这画面显示出来的时间、地点、环境相统一的观念，就是来自于西方古典戏剧所要求的"三一律"。章琼是研究文学的专家，你说是吗？"

章琼说："是的，这眼前给我们展示了一个类似戏剧舞台的"真实"故事场景，我们从中直接可以辨识出各个人物的性格、身份、情感，以及各个艺术形象组成的整体形象所要表达的主题。"

辰说："好，讲得好！"

焕金说："我也长了见识。"

桃丹似懂非懂，没有说话。

意大利米开朗基罗的"西斯廷教堂天顶画"很是吸引大家。尤其是其中的一幅《上帝创造亚当》更是艺术家受上帝点化的象征。米开朗基罗也因此被神化了。

金元说："通过历史我们知道，米开朗基罗是受教会的邀请才开始创作这天顶画的。而他所创造的丰满、健硕的人物形象又是受到他的石匠经历和与人文主义学

者交往的影响，最终表达了他对人的赞美和对人文精神的歌颂。"

辰说："是的。"

仰着头看画太吃力了，他们就又向前走去。

眼前是法国德拉克洛瓦的《自由引导人民》。画家以具象再现的手法，描绘了1830年7月巴黎人民起义，与统治者进行街垒战的情形。

章琼对大家说："你们看这画中，以充满激情的笔触画出了象征自由与正义的女神形象，将现实与想象融为一体。画面动感强烈，给人以强烈的视觉冲击和心灵的震撼。看这画，多像龙哥的小说，对现实、幻想、人生的柔和，对物质与精神的分离与结合，是吗?"

焕金说："就是，就是，我读龙哥的小说也是这样的感受。"

辰说："这幅画的创意对我的写作确实产生了影响。"

随后大家又看了安格尔的《泉》，马奈《草地上的午餐》，达·芬奇《最后的晚餐》《利塔圣母》，拉斐尔《草地上的圣母》，真是看不够的。

他们又去了一个展厅。

焕金高兴地喊着："啊，维纳斯!"

眼前是公元前一世纪的希腊雕塑《米洛斯的阿芙洛蒂特》，即大家说的断臂维纳斯。

辰说："1820年，这件双臂残破的雕像在希腊的米洛岛被发现，落入法国男爵里维埃手中，男爵把这件杰作送给当时法国国王路易十八，后来路易十八捐赠给了卢浮宫。"

金元说："据说这件作品出土时成了好几块碎片，经过拼接复原，使19世纪的美术界大为震惊。"

辰说："是啊！她被公认为公元前2世纪大希腊化时代人体美学的精品。"

焕金说："你看她那美女线条像一枝荷花的茎，向上升起一直到颈部。"

章琼说："焕金姐说的好专业，我也觉得那枝荷花茎是一条缓慢升起优雅而充满韵律感的线条。"

金元说："是的。"

人们都争着与维纳斯留影。

维纳斯圆形脸蛋，希腊鼻，平额，端正的弧形眉，扁桃形的眼睛。神态平静，不露笑容。半裸的姿态，理想而传统。

焕金说："我那时听公公讲过，这件作品是以伯留克莱特斯的人物雕塑《法则》确定人的头与身体的比例为1：7的美学法则创作的。"

辰说："就是，你们看，她的身体扭动的自然形成，对比与和谐，对称与均衡，节奏与韵律的关系，达到的变化与统一，绝对是艺术的巅峰。"

大家又看了希腊公元前二世纪的大理石雕《萨莫色雷斯的胜利女神》。

为了迎接胜利归来的国王和将士们，在萨莫色雷斯岛的一座神庙前，竖起了这尊近三米高的雕像。女神迎着海风，张开来翅膀，好像就要拥抱上岸的英雄们。

雕塑透过薄纱一样的衣裙，可以看到女神肌肤的质感、健美的肢体。

辰说："真是高贵的单纯，静穆的伟大。"

章琼说："看着她，几乎感觉不到那翅翼是沉重的石块。"

金元说："那流动的线条似乎充满着空气中飞动的张力。"

大家说："是啊！"

第四十章　在雅典

在欧洲的日子里，他们约好又去几个地方。

那天，在意大利的罗马大道上，他们看到，那些曾经煊赫一世的神殿遗存，已经扑倒在地的和还在孑然屹立的巨大石柱，感受了那种惊心动魄的嗟然瞬间。

望着石柱们，你会想到，和世界各地的那些巨大石料的搬运一样，在隆冬的罗马大道上，也一定是人们用水泼洒出一条厚厚的冰路，用滚木一步一步地滑动着送来。又用数百条绳索牵引着，数千人将它立在了那里。那立起了的一刻，那山呼的声浪是多么使在场的每一个人心中激荡不已。然而后来它倒下去的刹那，肯定是天崩地陷，山川俱裂。不管是在战火的硝烟里，还是在大地的发怒中。

在威尼斯，他们尽情地体验了世界水上名城的无限风光，坐着小河里的冈多拉（小船）欣赏着夜色中天空里倒映在水中的星云，听着优美的夜曲。

那天在圣马克广场上，游人熙熙攘攘，章琼一直拉着辰的衣襟，有时挽着辰的臂。

焕金风趣地说：“章琼一直拉着龙哥的衣襟，不知是谁怕丢了谁。”

桃丹说：“听龙哥说，“文革”中他领着学生去北京接受毛主席检阅，到首都的各个景点去游玩，那时的章琼就一直拉着他的衣襟，怕丢了龙哥。”

桃丹说着话，给她拍了一张照片。

章琼染成了棕色的披发，在海风里飘拂，像牵着缕缕久远的梦。这会儿，她搂着龙哥的臂，那叶眉下脉脉的双眼，看着他，还是师生的情谊。那时候对风度翩翩地他的崇拜，时至今日，依稀可见当年在幻中欲越雷池的她。

辰问章琼：“你为什么给自己取了个世界上头号战犯爱妻的名字？”

　　章琼说："希特勒可怕，爱娃并不可怕，她还是很可爱的。她不杀人不放火，忠于她心中的人。虽然那男人是一个魔鬼，但她不离不弃，尽了一个妻子的职责。再说，名字么，是一个符号，这里叫爱娃的多得是。我这还不是因为读了你的《柏林神话》，取了同艾仙同音的名字艾娃。今天你这一问，我索性就用爱娃好了。"

　　辰说："是啊，那两字同音同调，用爱娃也好。"

　　章琼说："龙哥，我读了这两天你写的《秋花》中肋巴佛一节文字，行文炫酷，我们的瑜伽女也真的像那法国画家安格尔《阿纳底奥曼的维纳斯》，是从海水中诞生的女神，恬静、抒情、纯洁。正如你写的，以线条、形体、色调的和谐女性美，达到了永恒美这一理念。国人看了一定有同感。"

　　辰说："是吗？你爱娃当是第一位。"

　　章琼说："那当然。"

　　那天他们去了雅典。

　　他们欣赏了爱琴海岸特有的地域风貌，体验了阿提卡半岛优美的地方景色，参观了宏伟壮观、历史悠久的雅典娜神殿，在神殿前的平台上大家坐下来休息。

　　雅典娜神殿建于公元前四世纪。神殿的柱式为多立克式，神殿列柱门廊。每个柱子上端波状花边，上边是挑檐滴水板、飞檐托块。柱头螺旋饰，柱身叶饰。柱脚为三级台座，圆盘线脚。赫耳墨斯石像柱，顶端是赫耳墨斯环发卷须的头像。女像柱，漂亮的少女姿态婀娜、衣裙飘拂，一条腿直立着用力，一条腿稍稍曲着，舒展的样子。

　　看着现在的遗迹，不失当年的壮观与庄严。

　　大理石残存的浮雕，进行祭祀仪式的队伍虽不完整，仍可见人体衣纹雕饰的静态优雅，动态闲适自在，人体与人体之间的排列关系都表现出希腊黄金时代艺术的惊人魅力。

　　金元说："这些遗存具体而微地呈现了古代雅典城邦的高度文明。"

　　辰说："你说得对，民主制度下产生的市民阶层，有高度的信仰，走在拜神的进香队伍中，他们举态的优雅不只是身体的美，也透露了雅典精神文明达到的心灵

高度。"

章琼说："二位老师的见解可是精到。"

曾经的雅典娜女神铜像高12米，黄金象牙装饰，金叶子的百褶束裙，打扮得女神威灵显赫，卓绝非凡。世界上最隆重的祭祀典礼，就是纪念雅典娜女神。古典的雅典娜神舞，乐声舞步是全希腊最古老的民间神旨音乐，人秉神意，神赋予人灵魂。这种舞乐有现实的纯朴，有幻化的飘逸。或轻柔，或顿重，皆是谐调、高雅的融合。

辰说："雅典娜是宙斯的女儿。是宙斯在没有娶赫拉之前，曾和智慧女神墨提斯相爱。墨提斯怀孕后，宙斯害怕她生下一个比他更有智慧，更强有力的孩子把自己推翻。就像他的父亲克罗诺斯推翻他的祖父乌拉诺斯，他自己推翻父亲克罗诺斯那样。于是他把墨提斯活活地吞下肚子。

过了不久，他头痛得厉害，以至忍受不了。他叫火神赫菲斯托斯砸开他的头颅看看，里面到底长了什么？头被砸开了，随着一声巨响，跳出来一个头戴战盔，身披闪闪发光的铠甲，手执金盾、长矛的女神，她就是后来宙斯最钟爱的女儿雅典娜。

雅典娜集父亲宙斯的威力和母亲墨提斯的智慧，她成了威力与智慧的化身。传说希腊人的纺织、制革、造船、冶金、铸造等各种技艺都是雅典娜传授的。她还发明了许多农业工具供希腊人使用。并教会人们牧养牛羊。希腊人尊她为农业和园林的保护神。雅典城就是以她的名字命名的。"

金元说："是啊！这里是一个神圣的地方。两千五百年前，雅典人在这里有许多祭祀活动。"

桃丹说："就像当今台湾的妈祖庙进香，是用鲜花做供品？"

焕金说："是的。去年我去台湾正好碰上那个盛会。"

神殿前的剧场，舞台还在。

辰说："焕金在这里走几路太极，叫爱娃也看看。"

章琼说："是啊，焕金姐在这里走几路太极，可真是有意义的，让我看了饱饱眼福。姐姐的飒爽英姿，雅典娜女神看见了，也一定会很高兴的。"

桃丹说："焕金妹子就走几路吧！"

焕金看看金元，金元点点头说："走几路。"

焕金就打了一套二十四路的太极神功。

焕金运功，双臂徐徐上浮，是那鲲鹏的双翼，随着大地气息的力量，若庄子《逍遥游》的垂天之云，人都觉得羽化了。

接着焕金挥动双臂，若抱乾坤，人也在乾坤里。脚下马步生风，踏着八卦旋动身子，天干地支稳踏脚下。拳击顽石俱粉，掌劈岩裂路开。单鞭砸下，耳际风鸣，鬼魂胆裂。掌心滑去，旋风倒卷，惊天动地。搂膝，云中金刚。揽雀尾，藏利刃。铜锤金瓜悬，玉柱象笔立。曲躯龙长吟，起足凤来仪。金鸡独立，东方即白。天女散花，彩云朵朵。

焕金做功，站如松，坐如钟。迈步有度，开合有致。来若惊雷，去似雾遁。中华太极真是气派非常，深邃莫测，奥秘无穷。吸纳天地精华，驱尽世间污浊。是百代功力的升华，是人类艺术的结晶。

人们欣赏着焕金的一招一式，若临远古的时空，宙斯为之眼开，雅典娜更是神往，姐妹天降，联袂一方。天上人间，同一已矣。

观看的五洲游客，个个举起大拇指赞赏，抢镜头，拍留影，闪光灯频频四射。

焕金用中华骄傲，引来不同肤色，不同地域的人心相合，流韵凝固在永久的时空里，在每一个人的心里。

焕金一脚踏实，一脚虚起，双臂分张，一个漂亮的白鹤亮翅。